新装版

海より深し

取次屋栄《えい》三《ざ》⑧

岡本さとる

祥伝社文庫

目次

根津権現
上野山
不忍池
神田明神
神田川
駿河台
片貝外記邸
呉服町「田辺屋」
日本橋通南三丁目
松田新兵衛宅
日本橋
南町奉行所
京橋川
南紺屋町
油屋「和泉屋」
八丁堀
薬師堂
仏具屋「法念堂」
両国広小路
柳橋
浅草奥山
浅草寺
蔵前
山谷堀
新鳥越町
大川橋
本所
石原町
永井勘解由邸
回向院
竪川
大川（隅田川）
小名木川
永代橋
深川

「海より深し」の舞台

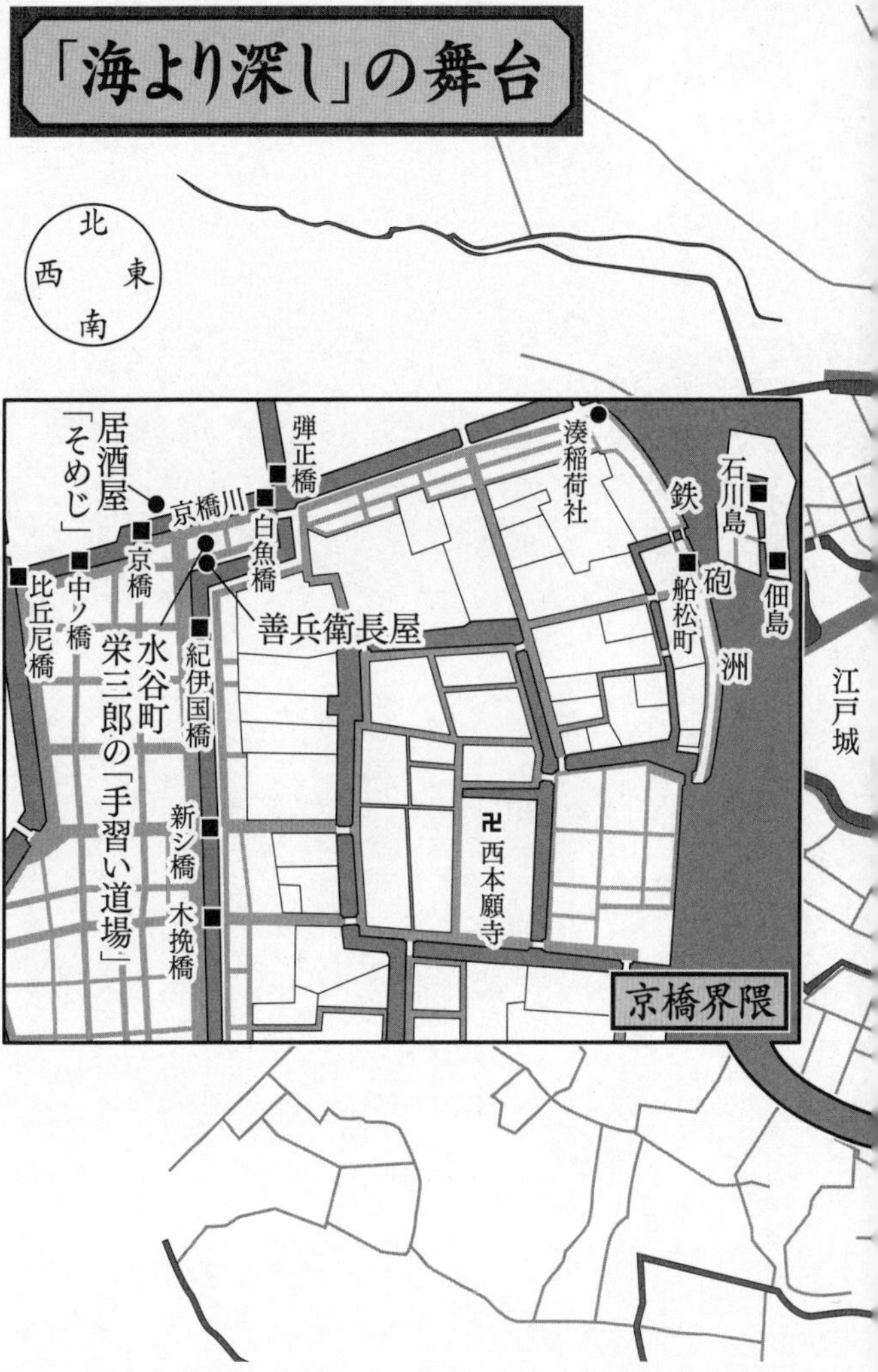
北
東
南
西
京橋界隈
居酒屋「そめじ」
京橋川
弾正橋
白魚橋
京橋
中ノ橋
比丘尼橋
善兵衛長屋
水谷町
栄三郎の「手習い道場」
紀伊国橋
新シ橋
木挽橋
湊稲荷社
鉄砲洲
船松町
石川島
佃島
西本願寺
江戸城

第一話

妻をめとらば

一

その日。

京橋《きょうばし》東詰の居酒屋〝そめじ〟では、久しぶりに客同士の四方山《よもやま》話に花が咲いていた。

夕方となって秋月栄三郎《あきづきえいざぶろう》が、〝取次屋〟の番頭である又平《またへい》を伴《ともな》いぶらりと現れたかと思うと、そこから栄三郎の剣術の弟子である、駒吉《こまきち》、留吉《とめきち》、長次《ちょうじ》、彦造《ひこぞう》といった〝善兵衛《ぜんべえ》長屋〟の住人達がぞろぞろ入ってきて、さらに八丁堀《はっちょうぼり》の隠居・都筑助左衛門《つづきすけざえもん》までもが顔を見せた。

こうなると店は仲間内の貸切りの様相を呈してきて、栄三郎がおもしろおかしく口舌滑《こうぜつなめ》らかに〝手習い道場〟で見聞きしたことを話し出して皆を笑わせると、続いて助左衛門が同心を務めていた頃の秘話を語り出す。

そのうちに女将《おかみ》のお染《そめ》も加わり、話題は南町奉行所定町廻《じょうまちまわ》り同心・前原弥十郎《まえはらやじゅうろう》に及んだ。

根は悪い男ではないのだが、なぜかいつも間の悪いところへやって来ては蘊蓄《うんちく》を語りたがるので、どうも人気のない弥十郎であるのだが、それはそれで、陰で噂《うわさ》をするにはおもしろい存在なのだ。

「そういやあ、前原の旦那《だんな》ってえのはいくつだったんですかねえ……」

又平が助左衛門に問うたのが口火となった。

「ああ、あの男なら、確か三十四になったはずだ」

助左衛門の言葉を聞いて、

「三十四……。あの野郎、おれより三つも歳下《としした》じゃねえか。あれこれ蘊蓄を語りやがって……」

栄三郎は顔をしかめてみせた。

元八丁堀の同心の前で遠慮のない口を利《き》けるのも、このところの都筑助左衛門と秋月栄三郎の頰笑《ほほえ》ましい交情を物語っている。

栄三郎と知り合ったことで、隠居をし、妻を亡くし、ぽっかりと胸に穴が開いてしまったかのような無為な日々から脱した助左衛門は、このところすっかりとかつての洒脱《しゃだつ》で粋《いき》な風情《ふぜい》を取り戻しているのだ。

「あれこれ蘊蓄を語りたがるのが奴《やっ》の悪い癖《くせ》だ。あれがなければ女房にも逃げられずに済んだのだろうが……」

「女房に逃げられた……？」

助左衛門がぽつりと言った言葉に、全員が喰《く》いついた。

「うむ……？　知らなんだのか……」

ゆっくりと頷《うなず》く一同を見回し、助左衛門は少し鼻白《はなじろ》んだが、一同の興味津々《しんしん》たる目の輝きを見ていると酒の酔いも手伝い、黙ってもいられずに、

「おれから聞いたとは言うなよ……」

お決まりの台詞《せりふ》をまず発してから、弥十郎が十年ほど前に年番方《ねんばんかた》同心の娘を嫁にしたが、五年足らずで離別したという事実を語り出した。

「まあ、性分《しょうぶん》がとことん合わなんだのであろうな」

助左衛門が見たところ、弥十郎の前妻というのはなかなかに浪費家で、その性格は物事にこだわらぬ大らかなものであったそうな。

しかし、その大らかさは時として気遣《きづか》いや常識に欠ける短所をも内包していて、性格が細かくあれこれ理屈をこねる嫌いのある弥十郎とは水と油の関係であった。

弥十郎が語る蘊蓄はすべて聞き流され、全般に雑な妻の家事を質《ただ》すと、

「殿方がそのような取るに足らぬことに、いちいち目くじらを立てられますな」

と返される。

「なるほど、そのやりとりが目に浮かんできますぜ」

駒吉が唸《うな》った。

「わっちは、その御新造《ごしんぞ》さんの気持ちがようくわかりますけどねえ」

「そのことについちゃあ、おれもそう思うな」

お染の言葉に珍しく又平が同意した。

「おれも弥十郎の女房の気持ちはよくわかる。だが、弥十郎にも男の意地がある……」

父親の跡を継《つ》ぎ、同心を務める一家の惣領《そうりよう》として黙っていられなかったのであろう。ある日、弥十郎は妻を前へ座らせて、

「このままおれの言うことを聞かぬにおいては、お前を離縁する！」

と、叱《しか》りつけた。

いかな能天気な妻も、ここまで言えば少しは懲《こ》りるであろうと思ったが、意外や嫁はさばさばとして、それほどまでに思われていることがもうすでに嫁としての自分の至らなさである、この上は実家に帰らせて頂きましょう——そう言って周りの者が止めるのも聞かず、あっさりと前原家を去ったという。

「まあ、言いようによっては、出来の悪い女房を叩《たた》き出したとも言えるが、子も生《な》しておらなんだし、嫁の方は弥十郎に言われてこれ幸《さいわ》いというところだったんだろうなあ……」

つくづくと助左衛門が言った。これに一同は神妙な表情を浮かべたが、

「いや、都筑の大旦那、これは前原の旦那が叩き出した……、てことにしておきましょう……」

心優しき栄三郎はさすがに弥十郎が気の毒に思えてきて、助左衛門にそう言うと、一同を見回して、

〝お前らも余計なことは言わぬように〟

と目で伝えた。

お染、又平、駒吉達は相槌《あいづち》をうちつつ、きっと誰かに話してしまうだろう自分を頭に描き、一様に顔を引きつらせたが、

「そう言われてみれば、あの前原の旦那に女房子供がいるとか、そんなことを考えたこともありやせんでした……」

と、又平が言うように、今までまったく関心がなかった前原弥十郎の内証にそれぞれ思いを馳《は》せた。

はっきり言って面倒な男であるが、勤めに熱心であればこそ、こうして裏店《うらだな》に住む連中までが話の種にできるのである。

少々の蘊蓄は御愛敬《あいきょう》ということでよいではないか——。

店の内には人情が詰まっている。

その後の前原弥十郎には幸せが待っていたのに違いないと、各々《おのおの》が心に念じ始めていた。

「ここにいる皆は、いい奴ばかりだな……」

その様子はすぐに助左衛門に伝わり、

「弥十郎の奴ときたら、それからはもう妻をめとるなどこりごりだと、三十四になる今まで独身を通してきたのだが、どうやら近いうちに嫁を迎えるようだ……」

と、皆の期待に応《こた》えるべく、八丁堀に流れる噂話をそっと持ち出した。

「そうなんですか……？」

たちまち栄三郎以下、ぐっと身を乗り出した。

「まあ、定かではないが、弥十郎としてもお袋殿がまだ生きている間に孫の顔のひとつも見せてやらねばならぬ……。それくらいのことはわかっているさ」

「お袋殿はまだお達者なんですかい」

栄三郎がほっとした表情で訊《たず》ねた。

「ああ、若栄殿《わかえ》といってな。いつまでも息子が今のままじゃあ前原家の先行きが思いやられると気に病んでいて、おれも相談をされたことがあるくれえだ。この若栄殿が業《ごう》を煮《に》やして動き出したのに違《ちげ》えねえ……」

「はッ、はッ、そいつはいいや。あの旦那も新しい御新造をもらえば、人を捉《つか》まえて蘊蓄を語ることも減るでしょうから、こちとら大助かりだ」

栄三郎が笑うのにつられて、一同はどっと笑った。

そういうめでたい話を聞くと、また少し陰口を利いて弥十郎をからかいたくなってくる。

「お武家は跡取りを作るのも御先祖様へのお勤めてえますから、しっかりと励んでもらわねえと……」

又平が続けた。

「でもねえ……。生まれてくる子がかわいそうだ。わっちはあんな小うるさいお父《と》っさんなんて御免こうむりとうござんすねえ……」

「おい、お染……」

「何だい又公《またこう》！」

「ふッ、お前の言う通りだ……。ははは……」

「ふふふ……」

日頃は犬猿の仲のお染と又平──今日は話がよく合う。

「はッ、はッ、はッ……」

栄三郎も高らかに笑って盃《さかずき》を飲み干した。

こういう〝そめじ〟での一時ほど栄三郎にとって楽しいものはない。

肴《さかな》といっても豆腐《とうふ》に醬油《しょうゆ》と酒を落として擦生姜《すりしょうが》をのせたものに、空豆《そらまめ》の塩茹《ゆ》で、煮蛸《にだこ》、蒲鉾《かまぼこ》があればいいところであるが、夏初月《なつはづき》（四月）の今頃はまだ暑くもなく、明け放たれた出入りの障子戸《しょうじど》、格子窓《こうしまど》の向こうから、日暮れて吹きたる風は真《まこと》に心地《ここち》好い。

「先生はそういう暮らしを送っているから、一向に所帯を持とうなんて気が起こらないんですよう……」

善兵衛長屋のかみさん連中からは、栄三《えいざ》先生と飲みたくて仕方のない亭主共への、ちょっとした悋気《りんき》交じりの小言《こごと》を喰っているのも確かであるが、これだけは止《や》められない。

いた。

——たまには前原弥十郎も誘ってやるか。

栄三郎は弥十郎の幸せを祈りつつ、愛すべきこの場の連中にそんなことを提案しようかと思ったが、もうすでに話題は〝こんにゃく三兄弟〟の馬鹿話に移っていた。

二

そんな〝そめじ〟での小宴があった翌日のことである。

秋月栄三郎は手習いを終えた昼下がり、京橋具足《ぐそく》町に、簗田仁右衛門《やなだにえもん》という具足師が開いている武具屋へと出かけた。

気楽《きらく》流・岸裏伝兵衛《きしうらでんべえ》道場で十五の時から修行をして立派に印可を与えられた剣《けん》客《かく》ではあるが、栄三郎は権威と保身にはしる武士の世界を見るにつけ、武士を相手に剣術をもって方便《たつき》を立てる道に疑問を覚え、そこから背を向けた。

そして今では町に生きて、子供相手に手習い師匠を務め、物好きな大人達に剣術を教える手習い道場の主《あるじ》となり、人助けと実入りの少ないこの道場の維持のため、武士と町の者達の間を取り持つ取次屋なる稼業《かぎょう》に励んでいる。それゆえ栄三郎が、武具屋を訪ねるようなことは滅多になかった。

しかし、去年の秋からは、何がどうしてこうなってしまったのかと自分でも苦笑してしまうのであるが、旗本三千石《ごく》・永井《ながい》勘解由《かげゆ》邸の奥女中へ武芸指南をするための出稽古《でげいこ》が始まっていて、木太刀《きだち》や竹刀《しない》、稽古着などに気を遣《つか》わねばならなくなった。

――指南役か。

そんなものには何の関心もなかったというのに、その仲間入りを果たしている自分を栄三郎は皮肉に笑った。

旗本屋敷で武芸指南などをするから武具に気を遣う――それが権威と保身の始まりではないのか。

――いや……、武芸指南とはいっても、真に大らかなものではないか。

女相手の指南役を請《こ》われるなど、真に自分らしいとも思う。

これを踏み石にして、昔夢見た武士の道へと転身していくのか。それとも奥女中相手の武芸指南を取次屋と同じ内職として捉《とら》え、相変わらず町の者達と共に生きる中に己《おの》が剣の道筋を見出《みいだ》していくのか――。

――まあ、答えは決まってはいるが、この歳になって先行きが一筋しかないよりは、気が利いているってもんだ。

そう言えば、このところ一人になってあれこれ物思うことがなかった。ああだこうだと自問して、新しい木太刀を買い求めて武具屋から出てきた栄三郎の前に、ぬうっと一人の固太りの男が現れた。

「おう、先生が武具屋から出てくるとは珍しいじゃねえか。木太刀を買ったのかい。そいつは枇杷《びわ》だな。さすがは剣客だ。赤樫《あかがし》や黒檀《こくたん》なんてえのも悪くねえが、やっぱり木太刀は折れにくい枇杷が一番だぜ……」

顔を見るやいきなりあれこれ蘊蓄を語り始めたのが誰かは、もはや言うまでもなかろう。

「何だ、前原の旦那ですかい……」

「何だとは何だ……。お前はいつもおれに会うとまず〝何だ……〟て言葉が先に付くな。何だ、何だって、おれはいってえ何だ……」

ああ、やはり会うと面倒くさい。逃げた嫁の気持ちがよくわかる……。

そういう言葉を呑《の》みこむことにまず疲れてしまうから、こいつとは関わり合いになりたくないと思ってしまうのである。

「いや、何だってえのはその……、昨夜、旦那の噂話をしておりましてね。それで今ばったりと会ったので、何だ……なんてね」

苦し紛《まぎ》れに愛想《あいそ》好く返すと、

「おれの噂を……？　どうせ悪口を言ってたんだろ。どんな噂だ？　何を話してたんだ……？」

などと執拗《しつよう》に訊ねてくる。

「旦那が三十四で、おれより三つも歳下だったんだ……なんてね」

「三つも歳下だったかな……。これは御無礼仕《つかまつ》ったな、栄三殿……」

「よして下さいよ……」

「無駄口叩いている場合じゃあねえんだ」

――お前が無駄口叩いてるんじゃねえか。

「ちょいと相談に乗ってもらいてえことがあるんだ」

「おれに相談を……」

「取次屋栄三に相談だ。一杯おごるから頼むよ……」

「そいつは好《い》いが、込み入った話ですかい」

「いや、めでてえ話だ」

「やっぱり……」

「やっぱり？」

「前原の旦那、嫁をもらうんですってねえ」

「え？　おれが……」

「え？　違いましたか……」

「誰がそんなことを？」

「いや、何となく風の噂で……」

「都筑の隠居だな。まったくあの隠居もお前に染まって、すっかりと噂好きになりやがって……。まあそんなことはどうでもいいや。とにかく顔貸してくんな……」


それから弥十郎はぶつぶつ都筑助左衛門への文句を言いながら、栄三郎を鍛冶《かじ》橋東詰の〝うな喜《き》〟という鰻《うなぎ》屋に連れていった。

表には打ち水がされていて、麻暖簾《あさのれん》なども垢《あか》抜けた、なかなかに洒落《しゃれ》た店構えで、店に入るや二人は二階の小座敷に通された。

「へえ〜、旦那にもこういう乙《おつ》な店があったんですねえ」

「まあ、勤め柄《がら》、内緒話をしなきゃあならねえことも多いんでな」

「一度も連れて来てもらったことはねえが……」

「どうしてお前を連れて来なくちゃならねえんだよ」

怒ってみせたが、栄三郎に店を誉《ほ》められ、弥十郎は得意気にふくみ笑いをした。

「で、相談てえのはいったい何ですか。めでたい話なら取次屋に用はないでしょうに」

「さあ、その話だ……」

弥十郎は蒲焼《かばやき》と酒をまず運ばせてから栄三郎に向き直った。

この辺り、間の悪い男ではあるがそこは同心である。飲み食いをさせてから話す方が、相手の口は滑らかになることを心得ている。

「めでてえ話てえのはおれじゃあなくて、おれの従妹《いとこ》のことなんだ。都筑の隠居ときたらとんだ勘違《ちげ》えだ……」

弥十郎の話とはこうだ――。

南町奉行所で吟味方《ぎんみかた》同心を務める前原勇三郎《ゆうざぶろう》は、弥十郎の叔父《おじ》にあたる。勇三郎には梢《こずえ》という娘がいるのだが、二十五歳にもなるというのにいまだ嫁にも行かず、武芸ばかりに励んでいる。

いるそうな。

「まあ、田辺屋《たなべ》のお咲《さき》みてえなもんだ」

それでもお咲は町の商人の娘で、目の中に入れても痛くないという父親の宗《そう》右衛門《えもん》が傍《そば》から放したくないゆえに許されるが、勇三郎の方は困ってしまっているそうな。

梢にはそろそろ奉行所へ見習いに出ることになっている勇作《ゆうさく》という弟がいる。やがては勇作も嫁を迎えることにもなろう。武芸一筋の小姑《こじゅうと》の存在は何かと不都合の因《もと》になる。

しかし梢はそういう状況を承知の上で、自分は別式女《べっしきめ》になって家を出るゆえ心配はいらないと言い切るのである。

別式女とは、男子禁制の大名、旗本の奥向きに、男に代わって武芸をもって仕《つか》える女のことで、女の家族、侍女に指南をしたり、警護役を務めたりする。

それでも、別式女は生半可《なまはんか》な武芸の修得では勤まらず、よほど文武に優秀でなければそうたやすくなれるものではない。

勇三郎としては、やはり梢にはいずれかへ嫁いでもらいたいのが親心である。

今度こそはと、梢に内緒で密《ひそ》かに縁談を進め始めたのだ。

弥十郎はそれを梢の弟・勇作からそっと打ち明けられた。

というのも、梢は幼い頃、弥十郎を兄のように慕《した》っていて、不思議なほど弥十郎の言うことはよく聞いた。そして今でも弥十郎を兄と敬《うやま》う気持ちが残っているようであるから、弥十郎の方からも両親をそっと援護してやってもらえないかというのである。

勇作からそう言われると、確かに梢は自分を兄のように慕ってくれていたことが思い出される。

丸顔で固太り——何かを話し出すとつい蘊蓄が前に出て理屈っぽいと言われ、これまで人に慕われたことのない弥十郎にとって、梢との思い出はことさらに懐《なつ》かしいものであった。

「まあそれでおれも、前原家を継ぐ身として、陰ながら梢のことを考えてやりてえと思って、栄三先生に相談したかったたってわけなんだ……」

話を聞けば、前原弥十郎の人の好さが溢《あふ》れている。

「なるほど……」

栄三郎はいつもながら人を引きつけるにこやかな笑顔で大きく頷いた。

それは、何はともあれ相談に乗りましょうという同意の印《しるし》であった。

「ひとつだけお聞きしてえんですが」

「何だい……」

弥十郎の表情も栄三の笑顔で和《やわ》らいでいる。

「旦那は今、陰ながら梢のことを考えてやりてえと言ったが、どうなることが梢さんのためになると思っているんですかい」

「そりゃあお前、梢は女なんだ。しかるべきところに嫁に行って子を生《な》すことが、幸せってもんじゃねえか」

「嫁に行って子を生すことが女の幸せなんでしょうかねえ」

「当たり前だろう。言っておくが梢は従妹だが、おれとは違って見た目だってすうっとしていて、なかなかの器量好しなんだぞ。ちいっとばかり歳はとっちまったが、あれなら嫁にと望む家はいくらでもあるはずだ」

「しかし本人は、武芸を極《きわ》め、別式女になって家を出ると言っているんでしょう」

「だから、それを思い切らせてえんじゃねえか」

「どうしてです。武芸を磨《みが》いて別式女になる……。それはそれで立派な生き方だと思いますがねえ」

「何もそんな変わった生き方をしなくても、梢はなかなかの器量好しなんだから……」

「武芸なんぞはおたふくにさせておけばいいと言うんですかい」

「そうは言わねえが、剣術といっても、あいつは母方の親類が開いている小さな町道場で稽古をしていたくれえで、武芸の腕などたかがしれているはずだ。人には天分というものがある。別式女はいざとなれば身を捨てて、主《あるじ》を守るだけの腕と度胸がなければ勤まらねえ」

「まあ、それは旦那の言う通りですが……」

「聞くところによると栄三先生は今、永井様の御屋敷へ奥女中達の武芸指南に通っているそうじゃねえか」

「ええ、武芸指南ってほどごたいそうなもんじゃありませんが」

「いいなあおい、女ばかりだろ」

「ええ、まあ……」

「好いのがいたら一人くれえおれに回してくれよ」

「好いのがいたらねえ……。女郎屋の亭主じゃねえや……」

「すまねえ……」

栄三郎、弥十郎が調子にのると時折伝法な口調になる。

「つまり旦那は、この栄三に梢さんの腕の見極めをして、大したことがなけりゃあ、別式女になることなんぞ諦《あきら》めるようにし向けてくれ……。そう言いてえんですね」

「俺としたら見込みがあろうがなかろうが思い切らせてえんだが、まあいいや、とにかく梢の腕のほどを見てやってくれねえか」

弥十郎はそう言うと、二両分の小粒を懐紙に載せて栄三郎の前へ置いた。

「旦那、こんなにしてもらわなくてもいいですよう」

「いや、面倒なことを頼むんだ。まあ収めてくんな」

「旦那……」

「これでも定町廻りは実入りがいいんだよ。構わねえから取っといてくんな」

「しかし、三つも歳下からこんなことをされちゃあ」

「秋月殿、何卒《なにとぞ》よしなに……」

「畏《かしこ》まってござる」

三

それから数日の後――。

永井勘解由邸において、定例の奥女中達の剣術稽古が行われた。

ここに特別に参加した女剣士が一人――。

前原弥十郎の従妹・梢であった。

もちろんこれは、ここでの武芸全般を教授する秋月栄三郎の口利《くちき》きである。

前原弥十郎からの依頼を受けて、栄三郎は用人・深尾又五郎《ふかおまたごろう》に事情を話し、梢を永井邸の武芸場に連れて来られるよう手を回してもらった。

その際栄三郎は、拒《こば》む深尾に無理に心尽くしの一両を渡し、武芸場で稽古に励む永井家の婿《むこ》養子・房之助《ふさのすけ》の姉・萩江《はぎえ》の協力をも願った。

今は永井家の奥向きで暮らす萩江であるが、かつては浪人の身から弟・房之助が立身出世をすることを願い、我が身を金に換え、苦界《くがい》に身を沈めたこともあった。

萩江なら人の心の機微を見るに長《た》けているであろう。必ずや、梢の心の内に潜《ひそ》む想いを、巧《たく》みに聞き出してくれるはずだ。

永井家からの密命を受け、萩江を苦界から助け出した栄三郎には、そう思えたのである。

深尾用人は前原弥十郎の屈託はよくわかると二つ返事で胸を叩き、早速主・勘解由にうまく話を通し、弥十郎の叔父・前原勇三郎の組屋敷へ家士を遣《つか》わした。

こちらの梢と申される娘御は、女ながらになかなか立派に武芸を修めておられると噂に聞いた。当家には奥女中ばかりが稽古に励む武芸場があるゆえに、一度腕前の方を見せに来られてはいかがであろう――と丁重《ていちょう》に問い合わせたのである。

「それ言わぬことではない……。武芸などに励むゆえに、このような話が降って湧《わ》いてくるのだ……」

話を受けて、娘かわいさに梢が女だてらに武芸に精を出すことを苦々《にがにが》しく思いながらも止めさせることができずにいた自分を棚《たな》に上げ、勇三郎は家の者にぶつぶつと当たり散らしたそうである。

しかし、永井勘解由といえばかつて勘定奉行を務めたほどの旗本である。

そこから稽古に来ぬかと言われれば是非《ぜひ》もない。折角、密かに梢の縁談を進めているというのに、もし見込まれて当家の別式女として仕えぬかなどと言われたらまずいことになると案じながらも、梢を永井邸へ遣《や》るしかなかった。

梢の方はというと、日頃、いざとなれば家を出て別式女になって他家に仕えるなどと言っていただけに、名誉なことと喜び勇んで出かけたのであった。

三千石の旗本屋敷である。

緊張しながら武芸場に出てみれば、

「梢殿か……。某《それがし》が師範を務める秋月栄三郎だ。固くなることはない。武芸を修める同じ武家の子女として、互いに稽古を楽しんでくれたらよいのだ」

と、指南役から気安く声をかけられ、

「わたくし達もまだお稽古を始めて間がありませぬゆえ、どうぞ色々教えて下さりますように……」

さらに奥向きの老女《ろうじょ》（侍女の筆頭）と思《おぼ》しき萩江という侍女から優しく声をかけられて、梢の緊張は随分《ずいぶん》とほぐれた。

その上に、秋月栄三郎は従兄の前原弥十郎のことを好く知っていて、梢のことをよろしく頼むと言われていると聞かされ、目を丸くすること頻《しき》りであった。

稽古は一刻《とき》（二時間）ばかりで終わった。

武芸を嗜《たしな》むことは大いに結構ではあるが、奥向きに暮らす女には、彼女達にしかできない細やかさが求められる家事もある。

根《こん》を詰めて怪我《けが》でもしたら差し障《さわ》りが出る。

それゆえに、栄三郎は長々とした稽古はしないし、上達の早さに応じて稽古法を緩《ゆる》やかに変えて決して無理はさせない。

これは京橋水谷《みずたに》町の手習い道場で、町の物好き相手に稽古をつけるのとまったく同じ指導法であった。

今日は小太刀の型を中心に、棒の使い方なども教えた。棒術の稽古は初めてであった梢は、

「まだまだ不調法でございます……」

と恐縮したが、懸命に取り組む姿勢は大いに好感が持てた。

「梢殿、小太刀はなかなかによろしい」

栄三郎はそう言って梢を安心させると、萩江に軽く頭を下げて、

〝何卒よしなに……〟

と、目で語りかけた。

心の内の言葉ではあるが、栄三郎は改まった武家の口調で語りかけていた。

〝お任せ下さりませ……〟

指南役に礼をする様子で、萩江もまた目でそう応えたが、にこやかなその美しい顔立ちの中に一瞬切ない表情が浮かんだように見えて、栄三郎の心をもまた切

なくさせた。

「あの日はこんな堅苦しい言葉など交《か》わしませせなんだものを……」

萩江は心の奥底でそんなことを言っているのではないか――。

あの日とは、あの雨の日――七年前、品川洲崎《しながわすさき》の妓楼《ぎろう》で客と遊女として馴染《なじ》んだ、めくるめく想いに充《み》ちた日のことである。

そして、あの日のことは、栄三郎と萩江二人だけが知る思い出なのだ。

思わぬ再会を果たして二年が経《た》った。

時折は用人・深尾又五郎との交誼《こうぎ》によって永井邸を訪れ、偶然に顔を合わすこともあった。

その度《たび》に二人は互いに惹《ひ》かれ合ったあの日のことを思い出し、胸の内が張り裂けんばかりの切なさに襲われた。

しかし、この半年以上の間、永井家の要請を受けて、秋月栄三郎が奥女中達のために新たに設《もう》けられた武芸場に出稽古に通うことになった。

そしてそれが、半月に一度は顔を合わせ言葉を交わせるという安心感を生み、二人の心の内を随分と落ち着かせた。

とはいえ、それはあくまでも指南役と、武芸を教わる奥女中の束《たば》ね役としての立場である。

互いの分《ぶん》を守ってその堅苦しさを維持し続ける大人の分別が二人にはあったが、時にはその殻《から》を破って、あの日のことを懐かしむ余裕もまた生まれてきたのである。

それでも互いにその〝余裕〟を見せた後は、やはりまた切なくなって、ちょっとした後悔と華《はな》やいだうきうきとした想いが交錯《こうさく》するのだ。

栄三郎と萩江が持つその感情は間違いなく〝恋〟である。

だが〝恋〟を表沙汰《おもてざた》にしたくない大人のずるさと分別が、二人には備わっていた。

栄三郎は武芸場を出た。

後は萩江が日々行っている半刻《はんとき》（一時間）ばかりの小太刀の型稽古に付き合ってくれるよう、梢を誘うことになっていた。

深尾又五郎を通して、前原弥十郎なる同心が従妹のことを案じて秋月栄三郎に頼んだ今度の一件を聞かされ、萩江は嬉々《きき》として梢の縁組に対する想いをそれとなく聞き出す役目を引き受けてくれたのだ。

「いや、それにしても……」

表向きの書院に通され、いつものように茶菓《さか》の接待を受ける栄三郎に、用人・深尾又五郎はつくづくと言った。

「秋月先生……、いや今は栄三殿と呼ばせて頂きましょう。栄三殿が動き出すとその度《たび》に、誰も彼もが生き生きとし始める。その風はとうとう当家の奥向きにまで広がって参った。真に大したものでござる……」

このところ、栄三郎が来ると必ず書院に顔を見せる房之助が、深尾の言葉に相槌をうった。

「おからかいなさりますな。御当家の御女中が生き生きとされてきたのはわたしのせいなどではなく、永井様の御家風が好いからですよ」

謙遜《けんそん》でなく栄三郎は心底そう思う。

そもそも今この場にいて、にこにこしながら栄三郎と深尾のやりとりを見ている房之助を婿養子として迎えた当主・勘解由が素晴らしい。

房之助がいかに昌平坂《しょうへいざか》学問所の仰高門日講《ぎょうこうもんにっこう》において比類なき秀才と謳《うた》われたとて、浪人の子弟が家格に合わぬ家へ婿養子となって入ることなど、あれこれ婚《こん》姻《いん》に規制が設けられている武家の世界では許されることではなかった。

例がないかというとそうでもない——福澤諭吉《ふくざわゆきち》に見出され、慶應義塾《けいおうぎじゅく》初代塾長となった古川正雄《ふるかわまさお》こと岡本周吉《おかもとしゆうきち》は、百姓の出ながら医学に始まり蘭《らん》学、兵学を修め、その秀才ぶりを買われて旗本・古川家の婿養子となった。

しかしそれは幕末のことで、今栄三郎の知るところではない。

いかに身分制度が緩み始めてきた文化《ぶんか》の御世《みよ》といえども、房之助を婿養子にするためには大きな関門がいくつもあったはずである。

それを頑《がん》として諦めず、方々《ほうぼう》へ運動してついに乗り越え、我意を通したのである。

永井勘解由の大人物ぶりが窺《うかが》い知れる。

もちろん、房之助の前でそのことには触れぬものの、

「お殿様の闊達《かったつ》な御気風が御当家にしっかりと行き届いているからこそ、御女中方も生き生きとしているのでございまするよ」

ましてや房之助の姉・萩江に下らぬ頼み事ができるなど、真にありがたいことだと栄三郎は感じ入った。

「いやいや、姉上は先生からの頼まれ事を随分と楽しんでおいでのようでござりまするよ」

この度の栄三郎の依頼は、房之助の耳にも当然入れてあった。

「房之助様にそう言って頂けるとほっと致します」

「梢という娘のことが気になるようですよ」

「ほう……」

「嫁にも行かずに武芸を修めたいという生き方は、まったく姉上と同じでござるゆえに……」

「うむ……、左様《さよう》でござりましたな……」

栄三郎は顔をしかめた。

永井家に入ってから、萩江に縁談が起こらなかったわけでもない。

しかし萩江は、恩ある永井家でいつまでも御奉公をさせて頂きたいと願い、御家に一朝《いっちょう》ことある時はこの身を挺《てい》する覚悟を決めて、武芸を習い始めたのである。

その萩江に、嫁に行かず武芸に明け暮れる梢の気持ちを聞き出してくれなどとは、少し当て付けがましかったような気がした。

「これは己が分際を忘れて、無礼なことを致しました」

詫《わ》びる栄三郎を見て、房之助は少し慌《あわ》てたように、

「ああ、いや、そのように申されますと困りまする……。この房之助としては、

斯《か》く頼み事を今後とも遠慮のうして頂きたく存じております」

「いや、しかし……」

「わたしは嬉《うれ》しいのです。姉上が人の世話をして嬉しそうにされていることが……」

房之助はしみじみと言って、栄三郎に頷いてみせた。

自分の立身出世を願い、十年の間行方《ゆくえ》知れずとなり苦界に身を沈めていた姉・萩江が、少しでも幸せになってくれればこれほどのことはない――。

日頃自分はそればかりを願っていると、房之助の目が語っている。

瓜実顔《うりざねがお》の中にあるその涼やかな目許《めもと》は萩江と実によく似ている。

それが栄三郎の胸を熱くした。

深尾又五郎はここへ来るまでの姉弟の苦節を知るだけに言葉が出ない。

書院はしばし沈黙した。

口が裂けても言ってはならぬと心に決めた萩江の過去を知るこの場の三人は、今萩江が一番幸せな時を過ごしているということを知り、嬉しくて堪《たま》らないのである。

四

「どうだい栄三先生、梢はなかなかのもんだろう」

「なかなかのもの？」

「だからよう、妻をめとらば梢のような女を迎えたい……。それくらいのもんだろうと言っているんだよ」

「確かに立ち姿はすっとしているし、目鼻立ちの整い方もきつくならず、ほど好く愛嬌《あいきょう》がある」

「そうだろう……」

「話す口調もはきはきとしていて、頭の好さも窺えた。なるほど、妻をめとらばこの娘が好い……。そういう様子でしたねえ」

「そうだろう。だが、お前にはやらねえよ」

「お前の身内になりたかねえや」

「ヘッ、ヘッ、まあそう言うなよ。で、梢の武芸の腕はどうだった」

「悪くはない……」

「好くもねえか」

「この後修行を積めば別式女も夢ではありませんが、今の腕ではまだそれほどまでには……」

「そうだろうよ……」

永井邸での出稽古の三日後。秋月栄三郎は前原弥十郎と再び鍛冶橋東詰の〝うな喜〟で会って、梢の武芸の腕のほどを伝えた。

永井邸での稽古の折、栄三郎は梢に、

「小太刀はなかなかによろしい」

と告げた。

その言葉に嘘《うそ》はない。

だが、勘の好さ、筋の好さにおいては、栄三郎の愛弟子《まなでし》である田辺屋宗右衛門の娘・お咲に比べるとはるかに見劣りがする。

ただがむしゃらに稽古を積んできたことによって、〝それなり〟の腕にまで上達してきたという感がする。

「おれもそれほど大した腕じゃねえと思っていたんだよ」

弥十郎は栄三郎の報告を受けて、丸い顔に笑みを湛《たた》えた。

「何だか嬉しそうですねえ」

「そりゃあそうだろう。悪くはねえが好くもねえ……。そんな腕なら心おきなく武芸の道を諦めさせられるってもんだ」

「だが修行を積めば、気構えは好いからそれなりの腕にはなるかと……」

「修行なんてこの先積んでいられるかよ。今でももう二十五になるんだぞ。そんなことしてたら梢は婆《ば》ァさんになっちまうよ」

「確かに日にちはかかりますが……」

「栄三先生、おれは武芸を仕込んでやってくれと頼んだんじゃねえぜ。見極めてくれと頼んだんだ」

弥十郎としては、叔父・前原勇三郎が密かに進めているという梢の縁談を何としても後押ししてやりたいようだ。

「かくなる上は栄三先生、梢に別式女になるなどとんでもねえ思い上がりだってことを、気付かせてやっちゃあもらえねえか」

「まあまずお待ちなされ……」

「悠長《ゆうちょう》なことは言ってられねえよ」

弥十郎は今日ぶらりと叔父・勇三郎の組屋敷を訪ねてみたのだが、梢は永井家の武芸場に行って以来、毎日稽古に通っている、もしやこのまま永井家の奥向きに別式女として召し抱えられるのではないかと案じていたという。

「だからおれは叔父に、まあそんなこともあるまいよ、この弥十郎は永井様の御屋敷で剣術指南を務める秋月栄三郎という先生をようく知っている……」

「ようく知っている……ねえ」

「いざとなりゃあその先生に頼んで梢に引導を渡してもらうから心配は無用だと言ったら、叔父が喜んだの何の……」

しばらくは黙って永井家の剣術稽古に通わせておけばよいと慰《なぐさ》めてきたという。

「だから栄三先生、何か好い手立てをだな……。おうそうだ。田辺屋の娘のお咲あたりと仕合でもさせてみたらどうだい。お咲なら梢に負けることもあるめえ。梢も商人の娘に負けたとなりゃあ武芸の方も諦めるだろうよ。どうだい、好い考えとは思わねえか」

得意気にまくしたてる弥十郎を見る栄三郎の目が険《けわ》しくなってきた。

――おれもよく喋《しゃべ》る男だと人に呆《あき》れられるが、こいつの喋りに比べたらかわいいもんだ。決して悪い奴ではないのだが、人の気持ちに疎《うと》い奴だ。

「ちょっと待て……」

栄三郎の口調がまた伝法になってきた。

「お前は従妹の梢がかわいいと言ったな」

「おいおい、何怒ってやがんだ……」

栄三郎の剣幕に弥十郎はたじろいだ。

「かわいいからこそ身銭《みぜに》を切ってまで、お前に身内の恥をさらしているんじゃねえか」

「だったら、梢さんが娘盛りを武芸に打ちこんできたことを、そんな風に嘲笑《あざわら》うんじゃねえや。聞いていて胸糞《むなくそ》が悪くなるぜ」

「嘲笑ってなどいねえや。駄目なものは駄目と気付かせるのも、優しさってもんじゃねえか」

「だからって、駄目なものを切り捨てりゃあいいってもんじゃねえだろう。駄目なものにもその人が刻《とき》を費《つい》やした想いが詰まっているんだよう」

「そりゃあ……、そうかもしれねえが……」

「おれが梢さんを永井様の御屋敷に通うようにし向けたのも、女のことは女同士、頼りになるお人に訊ねてもらおうと思ったからだ」

「何を訊ねるってえんだ」

「お前は悪い奴が何を考えているかはすぐわかるんだろうが、まともな人の心の内は相変わらずわかっちゃいねえなあ」

「お勤め柄、朴念仁《ぼくねんじん》なんだようおれは……」

栄三郎にけなされて、さすがに弥十郎の丸い顔がさらにぷうっと膨《ふく》れた。

「見たところ梢さんは、お前が言うようになかなかの器量好しだ。妻をめとらばこのような娘が好いと思った男もいっぱいいたはずだ。それが縁談に背を向けて武芸に打ちこんで、別式女になって家を出るとまで言い出したのは、ただ武芸に取り憑《つ》かれたというわけでもないはずだ。おれはそう思う」

「たとえば……。何かの理由で男という男が嫌いになっちまったとか……」

「そういう理由も考えられるし、ひょっとして、親の言いなりになって会ったことのねえ男と一緒にさせられるのが嫌なのかもしれねえ」

「そいつは我儘《わがまま》ってもんだ。町同心といったって武家の娘なんだぜ」

「従妹がかわいいなら、少しくれえ我儘を聞いてやってもいいじゃねえか」

「う〜む……」

「その理由がわかって、片をつけることができりゃあ、何も武芸をやめさせるまでもなく、今度の縁談を受け入れるかもしれねえじゃねえか」

「聞いたところで片がつかねえ理由ならどうするんだい」

「その時は、お前もかわいい従妹が望むことだ、梢さんが別式女になれるよう、後押しをしてやるんだな」

「おいおい、そいつは話が違うじゃねえか」

「旦那から預かった金も、そん時ゃあお返ししますよ」

「金のことはいいよ……。ああまったく、何やら栄三先生にしてやられたような……。はッ、はッ、まあいいか、まず武芸に明け暮れるきっかけになったことを聞き出すことが先決か。わかりやしたよ栄三先生。その永井様のところの頼りになる御女中に、まずは聞き出してもらいましょうか」

栄三郎に説かれて弥十郎は大きく首を縦《たて》に振って、

「悪い奴が何企《たくら》んでいるかわかっても、まともな人の心の内はわからねえ、か。何でえ、言いてえこと言いやがって馬鹿野郎……」

ふっと笑った。

栄三郎は言うだけ言うと威儀を改めて、

「御無礼の段、平にお赦《ゆる》しのほどを……」

とこちらもにこやかに頭を下げた。

それと同時に男二人の腹が鳴った。

そういえばまだ今日は、運ばれてきた蒲焼にほとんど手をつけていなかったのだ。

秋月栄三郎が次に永井邸への出稽古に赴《おもむ》いたのは、それから七日後のことであった。

この間、ほとんど毎日のように梢は永井邸の奥向きにある武芸場に通い、萩江と共に汗を流した。

月に二度の出稽古を少しばかり繰《く》り上げたのである。

女ばかりの道場での稽古は梢にとって新鮮であったし、何といっても指南役の秋月栄三郎がいない時も日々の修練を怠《おこた》らない萩江の真摯《しんし》な態度と、容姿端麗《ようしたんれい》にして一度も嫁いだことなく奥向きで暮らす謎めいた魅力に惹かれたのである。

そして、その萩江は稽古が終わると武芸場の拵《こしら》え場で、梢を相手にあれこれ世間話などしてくれた。

三千石の旗本の婿養子である房之助の姉にして、奥向きを取り仕切るほどの身分である萩江は一見近寄りがたい様子を醸《かも》しているが、話してみると町場にいて市井《しせい》の暮らしに馴染んでいたことがあるのだろうか、信じられないほど気さくで、あれこれ稽古において困ったことがないかと気にかけてくれる。

そのうちに稽古終わりに萩江と話すことが楽しくて堪らなくなり、自分でも不思議なほど素直に悩み事などを話せるようになってきた。

栄三郎が武芸場に入ると、萩江は大きな手応えがあったことをそっと告げた。

「後ほどお話し申し上げます……」

その言葉に栄三郎の胸は躍《おど》った。

見れば共に稽古に励む萩江と梢は仲の好い姉妹のように見えた。

萩江がなみなみならぬ気遣いを梢に見せ、その心を開かせた跡がはっきりと窺える。

栄三郎にとっては二度目の梢との稽古であるが、

「京橋水谷町に秋月先生のお稽古場があるとお聞き致しました。是非そちらの方へもお伺いしとうございます……」

梢はもう秋月栄三郎に心酔しているといった表情を浮かべて、今日の稽古が終わるや挨拶《あいさつ》に来た。

これも萩江がうまく栄三郎のことを持ち上げてくれたのであろう。

「ここでのお稽古は楽しくて仕方がありません。あれから毎日のように萩江様の型のお相手をさせて頂いております」

初めてこの武芸場で栄三郎と顔を合わせた時の緊張がほぐれ、梢は爽《さわ》やかで健康的な色香を湛えていた。

そしてこの日の稽古終わりに栄三郎は、用人・深尾又五郎と若殿・永井房之助が同席の上、中奥の書院の一室で萩江からの報告を受けた。

「あれから毎日梢の相手をして下されたとか、真に畏《おそ》れ入りまする……」

萩江が栄三郎の依頼を嬉々として引き受け、房之助も深尾用人もその様子を興味津々で見守っていることもわかっていた。

それでもやはり、栄三郎は頭を下げずにはいられなかった。

「梢殿の心の内を読み取って、あれこれ詮索《せんさく》するのも気が引けますが、この数日の間言葉を交わしてきて梢殿には幸せになってもらいたいと、つくづく思いましてござります……」

萩江は栄三郎に、気遣いは無用と笑顔で応え、梢の人となりを称賛した。

器量は好く、武芸に対する想いも真《ま》っ直《す》ぐで、優しい心で誰にでも接することができるが、一度こうと決めたなら凜《りん》としてそれを貫《つらぬ》く——。

それはまさしく萩江ではないか。

その言葉を胸の内に秘めながら、男達は萩江が摑《つか》んだ〝手応え〟に耳を傾けた。

「確かなことはわからないのですが、お話しした時の言葉の端々《はしばし》から察しますに、梢殿には想いを寄せている殿御がいるのではないかと……」

「なんと……」

栄三郎の脳裏《のうり》に複雑な表情を浮かべる前原弥十郎の丸い顔が浮かんだ。

つまり、梢には想いを募《つの》らせる男がいて、それがために今まで縁談に耳を傾けることがなく、そのことを糊塗《こと》するため、武芸に励んできたのではなかったか——。

萩江はそう見ているのである。

「それで、その男の心当たりは……」

「まだそこまでは……」

「ああ、これは申し訳ございませぬ。つい気が急《せ》いてしまいました」

「何とかそのうちに聞き出してみましょう」

萩江は恐縮する栄三郎に頰笑んだが、すぐに真っ直ぐな目を向けて、

「ひとつだけお訊きしたいことがございまする」

「何でしょう」

「その相手の名を聞き出せた時、秋月先生はどうなさるおつもりなのでしょう
……」

「それは……。まずその相手と添えぬものか当たってみるつもりです」

「しかし、それでは今進められようとしている梢殿の縁談が、潰《つぶ》れてしまうかもしれぬではありませんか」

「そういうことになりますねえ……」

「前原弥十郎という御方に怒られはしませぬか」

「怒られるでしょうねえ。おれは梢をあいつの想い人と一緒にさせてやってくれとはお前に頼んでないと……」

「よろしいのですか」

「怒られる前にこう言ってやります。そもそも今度のことは、妹のようにかわいがってきた従妹が幸せになってくれるようにと願ってのことではなかったのか。誰と一緒になろうが好いではないか、ましてや梢殿が心に想っていた相手となら

ば文句はないはずだと」

萩江は栄三郎の言葉を聞いて満足そうに頷いたが、

「でも、その想い人は添えぬ定めのお人かもしれません」

それゆえに、梢は武芸に打ちこむことで想い人を忘れようとした。

想い人と添えぬからといって、それ以外の男の嫁になろうとも思わなかったから、一生独身を通し、武芸で身を立てようと思ったのではなかったか――。

萩江は、自分が相手の名を梢から聞き出したとしても、それが方々で騒動の種となってしまうことに懸念《けねん》を抱《いだ》いていたのである。

「お気持ちは好くわかりまするが、いずれにせよ、萩江殿が人の秘事を聞き出して、これを告げ口した――そのようなことにならぬように致すつもりにござりますれば、御安心下さりませ」

栄三郎は萩江に頭を下げた。

こういう人に対するお節介ともいえる仕事を頼む時、頼み事をした萩江が梢に感謝されることがあっても、あの時あの人にあのようなことを打ち明けるのではなかった――そのように思われることが決してあってはならない。

栄三郎の信念は、同席している永井房之助、深尾又五郎にもはっきりと伝わった。

「ではすぐにその想い人が誰であるのか、そっと聞き出してみましょうほどに、まずお任せ下さりませ」

萩江は楽しそうに胸を叩いた。

今までは、この人に何か不幸せが取り憑かなければよいのだが——そんな想いに駆られて見ていた萩江が、今日は何やら大きく、輝いて見える。

この人は、夏が似合わぬ女《ひと》かと思っていたが、そうではなかったのだ——。

五

妹のようにかわいがってきた従妹・梢の幸せを願う前原弥十郎——。

常日頃は〝蘊蓄野郎〟として、どうも町の者達から慕われない弥十郎なのであるが、梢のことを想い、秋月栄三郎に様子を見てやってくれと頼んだここまでは、いつもの間の悪さも影を潜め、なかなかに好い分別を発揮していたと思われた。

栄三郎は、二両まで用意して頼み事をしてきた弥十郎と口喧嘩《くちげんか》をしながらも、彼の男気を称し、永井家に協力を求めた。

そこでは栄三郎の見込み通り、萩江が巧みに梢の心を開かせ、彼女がなぜ今まで縁談に背を向け、武芸に打ちこんできたかという事情が、少しずつ明らかなものとなってきていた。

万事うまく進んでいた前原弥十郎の親切であったが、これを見事に停滞させたのは、やはり前原弥十郎自身の間の悪さであった。

それは、もうこうなると本人のせいというより、神仏が人間の運命をからかい、すれ違いを起こさせ、これを見て楽しみ、戯《たわむ》れているのではないかとさえ思われる、絶妙の間抜けた行動であった。

秋月栄三郎が萩江の報告を受けた出稽古の日から三日が経った――。

その日も早朝から萩江の型の稽古相手を務めてあれこれ萩江と話しこんでから、八丁堀の組屋敷へ戻った梢であった。

その時刻が正午前――その日は遅めの出仕となった前原弥十郎と薬師堂《やくしどう》の前でばったりと行き合った。

「これはお兄様……」

梢は伏し目がちに、恥ずかしそうに小腰を屈《かが》めた。

先日、弥十郎が叔父・勇三郎を訪ねたことを聞いていたからである。

この時、弥十郎は梢の武芸三昧《ざんまい》を嘆《なげ》く叔父に、いざともなれば存じよりの剣術指南・秋月栄三郎に引導を渡させてやるなどと、偉そうな口を利いていた。

もちろん勇三郎は、それをそのまま梢に言って聞かせるようなことはしないが、

「弥十郎もお前が女ながらに武芸に明け暮れていることを案じていたぞ……」

とは梢に伝えていた。

しかし、弥十郎はまずいことに、この前日に秋月栄三郎から、梢には心に想う人がいるのかもしれないとの中間報告を受けていて、梢に対して非常に不快な想いを抱いていたのである。

「心に想う人がいるだと……？　そんな相手がいるのなら、なぜはっきりと打ち明けて相談をしやがらねえんだ。親に言えなきゃあおれに言えば、話を繋《つな》ぐことだってできるんだ……」

栄三郎からその話を聞かされた時、弥十郎は憤《いきどお》った。

口に出せず、それを武芸でごまかそうということは、添いとげられぬ相手に決まっている。

となると、弥十郎の頭の中で、その相手とは身分違いか、ろくでもない奴かになってくる。

聡明《そうめい》な梢が、嫁に行けるはずもない高貴な人に身のほど知らずにも恋をして、今まで育ててくれた両親の意に逆らい縁談を受け入れないはずはない。

「梢め、どんなろくでもない野郎に惚《ほ》れやがったのか……」

妹のように自分を慕ってくれた幼い日の梢のあどけない笑顔を思い出すと、何やら生身の女をさらけ出されたような気がして、弥十郎はまったくおもしろくない。

梢に対してがっかりとさせられた気分になる。あの神聖なる従妹が知らぬ間にそんなことを考えていたなんて――。

「しかし、まだ梢殿には言っちゃあいけませんよ。こっちの段取りが狂っちまいますからねえ……」

秋月栄三郎からは釘《くぎ》をさされていたが、今こうしてばったりと顔を合わせると、兄として何か言わねば気が済まなくなってきた。

――自分の推測として話せばいいだろう。

弥十郎はつい、

「梢、お前にちいっとばかり話がある……」

と、互いの小者を門前に待たせて、梢を連れて境内《けいだい》へと入った。

梢の方はというと、久しぶりに兄と慕った弥十郎に話があると連れ出してもらったことが嬉しかったのか、満面に笑みを浮かべて弥十郎の後に続いた。

今日は萩江にあれこれ屈託を聞いてもらって、梢の心は晴れ晴れとしていたのである。

しかし、境内の地蔵前の人けのない辺りで、弥十郎はまったく思いがけぬことを梢に説教し始めた。

「梢、お前は毎日毎日、永井様の御屋敷へ通っているそうだが、どういう了見なんだ……」

「どういう了見……？」

梢は弥十郎に語気荒く言われてたじろいだ。

「子供の頃からお前は利発ですばしっこい娘だったから、武芸を修めるのも好いことだと思ってきたが、どうしていつまでも嫁にも行かずそんなことを続けるんだ」

弥十郎は一旦喋り出すと止まらない。

「そりゃあ確かに随分前、おれはお前に嫁に行くばかりが能じゃねえと言ったことがあったかもしれねえが、それは妹みてえにかわいがっていたお前が嫁に行くのが気に入らねえ……。まあ、親の想いで言ったことだ。まさか頭の好いお前がそれを真に受けたわけじゃあるめえ。いいか、武家の女ってえものはな……」

「お兄様……」

梢は哀《かな》しそうな、悔《くや》しそうな目でじっと弥十郎を見つめて、蘊蓄を語り出した従兄の言葉を遮《さえぎ》った。

〝弥十郎があれこれ語り始めたら逃げるにかぎる……〟

前原の身内が集まると皆が弥十郎の長舌《ちょうぜつ》を煙たがったが、梢は苦にならなかった。

自分のことをかわいがってくれる弥十郎が話してくれることだ。決して間違ったことを言うはずはない――。

そう思って、自分もまた一所懸命、弥十郎に負けじと蘊蓄を頭の中に積み上げ、会うことがあるとぶつけ合ったものだ。

しかし今、身内のみならず世間の者が一様に弥十郎の蘊蓄を敬遠する気持ちがわかる気がした。唐突に話を聞かされる方の気持ちも考えずに人の道を説いて、相手が喜ぶはずもない。

「なぜ、今頃になって、いきなりそのようなことをわたくしに仰《おつしや》るのです」

武芸の腕はさほど大したものではないが、長い間稽古に励んできて、梢の声にも目にも迫力が備わっていた。

今度は弥十郎が少したじろいだ。

「いきなりじゃあねえだろ。おれは前々からお前にこのことを……」

「いえ、もうここ何年もわたくしをお訪ね下さったことはありません。おかしいではありませんか……」

弥十郎はつい先日、梢の弟・勇作から、梢の縁談を密かに親が進めていると聞かされたことをここで言うわけにもいかず、

「そりゃあお前、子供の頃はいざ知らずだ。好い娘になったお前を気安く訪ねるわけにはいかんだろう。だが、お前のことはいつも気にかけていた……」

などと応えたが、確かに勇作に梢の新たな見合い話を告げられるまで、ここ何年もの間は、梢とはろくに顔を合わせたことがなかった。

いつも気にかけていたと言うと嘘になる。

梢が少女から一人の娘と変わっていった頃に、前原弥十郎は嫁を貰《もら》い、新米同

心としての仕事に揉《も》まれ、挙句《あげく》に夫婦仲はうまくいかずに妻は家を出た――それどころではなかったのである。

だが、今は違う。

依然独身というのもいささか肩身が狭いが、それなりに同心としての日々も落ち着いて、梢のことにも目を向けられるようになったのだ。

「わたくしのことを……、梢のことをいつも気にかけていた……。どうせたまさか父か見習いに出ようかという弟と顔を合わすことがあって、話のついでにお頼みになられたのでございましょう。それでお兄様は、ああ梢か、そんな奴もいたかと思い出されたのにございましょう」

それでも痛いところを返されて、弥十郎は言葉に詰まった。

お兄様と呼ばれる身がこれではいけない。

おかしな意地に加え、昨日、秋月栄三郎から聞かされた、梢が武芸に打ちこむ理由が今再び思い出されて、弥十郎の気持ちを昂《たかぶ》らせた。

――おれはお前がどれほどふざけた理由で武芸に打ちこむようになったか、みんなお見通しなんだぞ。

そしてこのことで、弥十郎は梢に対してがっかりとさせられ随分と腹を立てていたのだ。

この辺り、まったく前原弥十郎も大人げないのであるが、彼にしてみれば純粋に妹と思い、欲も得もなく幸せを願った梢のことである。黙っていられなかったのである。

「梢、お前はいつからそんなひねくれたものの考え方をするようになったんだ」

弥十郎は強い口調で梢に向き直った。

「お兄様は、梢が武芸を修めていくことが御不満なのですか」

梢は訴えるような目を向けた。この時の梢の心中には、頑《かたく》なに嫁入りを拒《こば》み武芸に生きる自分を真剣に怒ろうとしている従兄の思いやりに応えねばならないという、素直な想いがあった。

素直な想いという意味では弥十郎の気持ちも同じであったが、時として人は話し方、気持ちの伝え方を誤ることがある。

「お前はただただ武芸が好きで、別式女になりてえってわけでもねえんだろ」

弥十郎は問い詰めた。

「どういうことです……」

梢はきっとして弥十郎を見た。

「例えばだ、武芸に打ちこむことで気を紛《まぎ》らわしているとかだ」

「気を紛らわす……？」

「そいつは……、よくわからねえが……。そうだ、例えばお前に惚れた男がいて、その野郎と一緒になれねえから自棄《やけ》を起こして、わたしは誰とも一緒になりません……なんてよう」

「何ですって……」

「もしそんな思いで別式女を目指しているのなら、諦めるんだな。世の中ってものはそんな甘いものじゃねえ。だいたい、武家に生まれた女ってえのは、誰だって手前が想う相手と一緒になんかなれねえもんなんだ。悪いことは言わねえ。今からでも遅くねえから、親が決めてくれた相手と一緒になって、幸せに暮らすんだ。兄貴の言うことは聞くもんだぜ。永井様の武芸場へも行かねえでいいようにしてやるから、梢、この辺りで馬鹿なことはしてねえで……」

「もう、たくさんです！」

喋り出すと止まらない前原弥十郎の説教に、ついに梢が我慢の緒《お》を切らした。

〝弥十郎お兄様は物識《ものし》りですねえ……〟

いつも梢だけは感心して聞いてくれたものを、今日は恐ろしい剣幕で目には涙の滴《しずく》を浮かべ、弥十郎の話を遮った。

「梢、おれはだな……」

相手に反撃されると、またも喋り過ぎたと悔《く》やんですぐに小声になる弥十郎であるが、初めて見る梢の憤激《ふんげき》に、今はしどろもどろになってしまった。

〝馬鹿野郎……、弥十郎、お前は何てことをしちまったんだよ……〟

もう一人の自分が激しく叱責《しっせき》をした。

「そんなにお兄様は、梢を嫁に行かせとうございますか。どうせお前が嫁ぐといっても、同じ八丁堀に住む大したこともねえ奴に決まっている。そんなら梢、お前は思うように武芸を極めて生きてみろ……。それくらいのことをお兄様なら言うて下さると思うていましたものを……」

「梢、よく聞け、その生き方も間違っているわけじゃあねえんだ……。だがな……」

「もう何も聞きとうはございません！　わたくしに想い人がいてはいけませんか！　添えぬ相手を想って独りでいる女は馬鹿でございますか！」

弥十郎は開けてはいけない扉を開いてしまった自分を思い知った。

梢は心に想う相手を弥十郎に汚《けが》された思いなのであろう。

梢は何度も大きく息を吐いて、一旦気を落ち着かせると、

「それならば、わたくしは馬鹿で結構でございます。お兄様こそ、早く独り身の暮らしを改めて、お妻様をめとられたらいかがでございますか。お兄様から見れば、世間にはろくな女子《おなご》がおらぬのでしょうが……」

一気に言い放ってその場から駆け去った。

「おい、梢……！」

弥十郎は天を仰《あお》いだ。

――この間の悪さは何なのだ。

いっそ今自分の顔の上に、烏《からす》が糞《ふん》でも落としてくれたら笑えるのにと、自嘲《じちよう》の笑いをもらしたのである。

六

翌日の八ツ半（午後三時）頃――。

京橋水谷町の手習い道場から、力なくふらふらと出てくる南町奉行所同心・前原弥十郎の姿を何人かの町の者達が通りすがりに見かけた。

今しばらくは余計なことを言わずに任せてもらいたいと言っていた秋月栄三郎との約定《やくじょう》を忘れ、ついついべらべらと梢に喋ってしまったことを弥十郎は詫びに来たのであった。

元はといえば、自分が従弟の勇作に梢の縁談話がありそうなことを打ち明けられ、それならばと、胸を叩いて秋月栄三郎に自腹を切って頼んだことである。

それを自らが台なしにしたところで、

「そいつは前原の旦那の勝手ですがねえ……」

と栄三郎が言うように、別段平謝まりに謝まることでもない話なのであるが、この辺り、前原弥十郎も妙に律儀《りちぎ》で気が小さい。

「いや、まさかあんな所でばったりと梢に出くわすとは思ってもみなかったんだ。顔を見りゃあ、その、何か言いたくなるじゃねえか。だがな、梢が想い人を振り切るために武芸に打ちこんでいるんじゃねぇかって話は、あくまでおれの推測として話したから、その、奥向きの御老女から聞いたっていうことはわかっちゃいねえはずだ……」

くどくどと、永井家の好意を無にしたことの言い訳を並べ、逃げるように道場から出てきたのだ。

やっと梢も萩江に心を開くようになってきて、彼女が武芸に打ちこむ理由の輪《りん》郭《かく》が見えてきたというのに、それが理由で心を頑なにしてしまったらどうするというのだ――。

栄三郎は、やっぱり前原弥十郎の頼み事など引き受けるのではなかったと、手習いが済んでガランとした道場の真ん中の板の上に大の字になって寝転んだ。

萩江は梢の意中の相手が誰か、近々聞き出してみようと言ってくれていたが、弥十郎に生半可《なまはんか》な気持ちで武芸を学ぼうとしたとてどうしようもないと詰《なじ》られた上からは、梢がしばらくの間組屋敷の内に籠《こ》もったまま出てこなくなるかもしれぬではないか。

――好きなようにしやがれ。

弥十郎は謝るだけ謝って出ていったが、この後のことはどう始末をつければいいのであろうか。

所詮《しょせん》は他人の家の娘の話である。

武芸に励もうが嫁に行こうがどうだっていいが、まったく萩江を下らぬことに付き合わせてしまった。

それればかりが気にかかる。

「梢と喧嘩しちまったことを念のため耳に入れておくよ……」

などと、無責任なことを言って弥十郎が手習い道場を去った後、すぐに永井邸へ遣いに出していた又平が戻ってきた。

萩江が梢の意中の人を聞き出してみようと栄三郎に言った日から、一日に一度様子を伺いに、深尾又五郎を訪ねさせているのだ。

「旦那、梢さんは何やら具合が悪いようで、今日から稽古を休ませて頂きたいと、永井様の御屋敷に遣いの者が言いに来たらしいですぜ」

又平は勢いよく道場へ入ってくるやそう言った。

「やはりそうか……」

「やはり……？」

「あの丸顔の蘊蓄野郎が余計なことをしやがったのさ」

「しやがりましたかい。まったく従妹のために一肌脱ぐつもりが、余計にややこしくなりやしたねえ」

「とにかく永井様の御屋敷へ行くとしよう」

栄三郎は立ち上がって身繕《みづくろ》いをしつつ成行きを又平に話すと、本所《ほんじょ》へ急いだ。

「真に困ったことになりました……」

栄三郎は永井家に深尾用人を訪ね、中奥の書院で房之助を交え、前原弥十郎がしでかした一件を萩江に伝えた。

「聞きしに勝《まさ》る間の悪い御仁ですな」

深尾が溜息《ためいき》をついた。

「兄のように慕ったという、子供の頃のようには参らなんだということですか……」

房之助が続けた。

「自分のことを人はどう思っているのか……。日頃気になっていることを兄と慕った従兄に言い立てられて、梢殿も堪《こら》えきれなかったのでしょう」

栄三郎はいかにも申し訳なさそうに一部始終を語ると、こんな馬鹿馬鹿しい取次話に、三千石の御大家の御身内を巻き込んでしまったことを詫びた。

しかし、萩江はというとまったく動じず、栄三郎の話をにこやかに聞き終えると、

「わたくしの方は真に好い間でございました」

はしゃぐような声で言った。

「それはいったい……」

小首を傾《かし》げる栄三郎に、萩江は少しばかりもったいをつけてニヤリと笑った。

それは少女のような瑞々《みずみず》しさと爽やかさに充ちていて、思わず三人の男達の表情を和《なご》ませた。

「昨日、梢殿の想い人が誰か聞き出すことができました」

「え……？　そうだったのですか……」

驚く栄三郎の傍で、

「姉上、それならそうと、昨日のうちに教えて下さればよかったものを……」

弟の房之助は不満の声をあげた。

「これは秋月先生からの御依頼のことゆえ、今、この時までお話ししたいのを辛抱致しておりました」

萩江は楽しそうに笑った。

昨日、武芸場でいつものように小太刀の型の稽古を萩江は梢に付き合ってもらった。

そろそろ今日あたり、何か核心を衝《つ》く話が聞き出せるやもしれぬと、萩江は武芸場に他の侍女は入れず、梢と二人だけの稽古に臨《のぞ》んだのである。

「今日は二人だけです。いささかお行儀が悪うございますが、わたくしが打ちこむ度に梢殿にあれこれ問いかけますゆえに、梢殿はそれに答えてから打ち返す……。そのようなことをしてみませぬか」

「それはおもしろそうにござりまするが、わたくしに何を問われたところで、大した答えも出ては参りませぬ……」

「答えに何も望むものではありませぬ。わたくしは何やら梢殿が気の合う妹のような気がして、あなたのことをさらに詳しく知りとうなってきたのです」

萩江にそう言われて、梢は大いに興奮をした。

嫁に行かずともひとつの信念を持ち、清く美しく生きることも女として夢ではない——。

梢が頭にぼんやりと浮かべる人生の指針が、萩江の姿にあった。

その萩江から、〝あなたのことをさらに詳しく知りとうなってきた〟と言われたのである。嬉しからぬはずがない。

「何なりとお訊ね下さりませ……」

このような仕儀となったのである。

萩江が小太刀の打太刀の技を繰り出して訊ねる。

梢が仕太刀の技を返してこれに答える。

女二人、少女の頃にはしゃいだように、ああでもない、こうでもないと、草花の好み、歌の好みを訊ねて答え、感想を言い合う。

すでに先日、梢が武芸に力を入れるようになったのは、どうせ武家に生まれた限りにおいて、女は心に想う相手がいたとて親の決めた相手に嫁がねばならないものである。それが自分には幸せに思えない。それならば身につけた武芸の腕をもって生きる、別式女という身の処し方もある――そう思って一念発起《ほっき》したのだと、萩江は梢から聞き出していた。

その意は、好きな男がいるが添えないゆえに武芸に打ちこんでいるのだと、萩江にはとれた。

今日はその好きな人が誰かを訊ねる好機である。

「梢殿には好きな殿御がおりまするな」

「そ、それは……」

「言うたとて詮なきことと思うておいでか」

「いえ……」

「言えば心がすっきりとして、打ち明けたことで、そのお方が自分に近付いてくることもありましょう。悪いようには致しませぬぞ。えいッ！」

訊ねて萩江が気合もろとも打ちこめば、梢はこれを、

「とうッ！」

と返し、

「従兄の前原弥十郎と申す町同心にござりまする……」

梢は思わず答えていた――。

「あ……」

話を聞いて栄三郎は絶句した。

「なるほど、そうでしたか……」

考えられないことではなかった。

栄三郎にとって弥十郎は、固太りで丸顔、髷《まげ》は小銀杏《こいちょう》に結い、黒紋付の巻羽織という八丁堀の風情がまるで似合わない〝蘊蓄野郎〟であるが、〝十人十色〟〝痘痕《あばた》もえくぼ〟という言葉がある。梢が弥十郎を、いつか自分が嫁ぐ相手と思ってもおかしくはなかろう。

「そこに気がつきませんでした……」

まだまだ自分も未熟者だと、栄三郎は頭をかいた。

「先生が思いも及ばなかったのは仕方のないことにございます」

前原家の一族ことごとくが、梢が弥十郎を慕っていることに気付かなかったようであると、萩江は慰《なぐさ》めるように言った。

何といっても、梢は前原家の一族縁者の中で容姿端麗の誉《ほまれ》が高く、

「妻をめとらば梢のような娘がよい……」

そのような評判が立っていた。

父親の前原勇三郎は、そういう梢をかわいがって、なかなか手放そうとしなかった。

ましてや、我が甥《おい》ながらどうも理屈っぽい弥十郎などは、梢の婿の対象としてはまったく考えていなかった。

それでも、幼い頃からいつか自分は弥十郎の許《もと》へ嫁ぐものだとばかり思いこんでいた梢は、何度も弥十郎の嫁になりたいと言ったのである。

しかし、梢がそう言うと皆一様に、

「お前は優しい子だねえ……」

それが女にまるでもてない弥十郎への気遣いととられたようで、梢の美談にされても二人の縁談にまでは盛り上がらない。

二人の年齢が十近くも離れていたこともあるが、そのうちに弥十郎は嫁を迎えることになる。

この時の梢の受けた衝撃ははかりしれない。

弥十郎が二十五になるまで嫁を迎えなかったのは、まだ幼い自分が成人するまで待っていてくれているものだと思ったらそうではなかったのだ。

二十五になって嫁を迎えたのは、弥十郎に嫁の来手がなかなかみつからなかったからなのだが、梢はというと、弥十郎は自分のことなど何とも思わず、同心職を継いで遊び呆《ほう》けていたのに違いない――そう思ったのだ。

裏切られた思いを紛らすに、武芸は梢にとって何よりのものであった。

梢を手放したくない勇三郎はこれを許してくれたが、いつまでも勝手は許されない。

梢にも縁談が何度も持ちあがり、いよいよ断れなくなった時、弥十郎は妻と夫婦別れをした。

――いつか巡り巡って、弥十郎お兄様と一緒になることがあるかもしれない。

なかった時は縁がなかったと諦めれば好いが、何か確固たる理由がなければ武家の娘が独身を貫けまい。

「それゆえに梢殿は別式女を目指したようにござりまする……」

萩江は栄三郎をしっかりと見た。必ず、言うに言えなかった梢の想いを悪いようにはしないと言ったのである。必ず、言うに言えなかった梢の想いを
うまく、なるようにしてやって頂きたい——萩江は栄三郎に後を託したのであった。

「なるようになるもならぬも、あの弥十郎に言ってやりますよ。お前は人の気持ちのわからぬ唐変木《とうへんぼく》だ。十年にわたる女の想いを何と心得ているのか、詫びる心があるのなら梢殿を妻にしろと……。なに、必ずその通りにさせますよ。あいつには何ひとつ文句を言う理由はないのですから。それにしても、まったく奴の間の悪さは神がかりでござりまするな。今日、薬師堂で会わねば、何もかもすんなりといったものを……」

一気に栄三郎はいつもの饒舌《じょうぜつ》さを取り戻した。

深尾又五郎、永井房之助は羨《うらや》ましそうな目を栄三郎に向けた。その思いは、人と人とを繋ぎつつ一喜一憂《いっきいちゆう》するこの男のように生きられたらどれほど楽しいものであろう。自分のこれからの生き方に、この男の持つ気持ち好さ、心地好さを少しでも取り入れることができるならば——己が人生に祭のない男にはなりたくな

い。今二人はそう思いながら、終始上機嫌で笑顔を絶やさぬ萩江のはしゃぎぶりを眩《まぶ》しそうに見ていた。

七

それから――。

日射《ひざ》しは日に日に夏のものとなり、初松魚《はつがつお》を食べた食べぬと江戸っ子達が見栄《みえ》をはる頃。

居酒屋〝そめじ〟では、女将のお染をはじめ、飲みに来ていた秋月栄三郎、又平、駒吉に、善兵衛長屋の住人を前に、八丁堀の隠居・都筑助左衛門がまたも熱弁をふるっていた。

何とあの南町奉行所の〝蘊蓄野郎〟前原弥十郎の縁談が整ったというのだ。

しかも相手は梢という従妹で、やや歳はいっているが、容姿端麗にして武芸にも秀《ひい》でた才女という。

これには一同、大いに盛り上がった。

栄三郎と又平だけはこれを知っていたが、めでたいことは何度喜んでもよいものだと、知らぬふりを決めこんで共に騒いだ。

「あの旦那がねえ……。そんな好い嫁をもらうなんて、世の中捨てたもんじゃないねえ」

しきりに唸るお染を眺めつつ、栄三郎は萩江から梢の本心を聞かされて、これを弥十郎に伝えた時のことを思い出して含み笑いをした。

あの日、永井家の屋敷から戻った栄三郎は、すぐに梢の気持ちを伝えてやりたくて、八丁堀に前原弥十郎を訪ねて組屋敷の表へ呼び出した。

「梢が、おれに……。おう、栄三！　お前、からかっていいことと悪いことがあらあ、それじゃあ何かい、梢は萩江って人に前原弥十郎の嫁になりたかったと打ち明けた帰りに、薬師堂でばったりおれに会ったたってことか」

「そういうことだ」

「かつぐのもいい加減にしやがれ！」

話を聞いて弥十郎は、信じられずに怒り出した。

「梢がおれの嫁になりてえはずがねえだろ！」

「そう思うなら手前《てめえ》で確かめやがれ！」

こうなると、栄三郎の口調も遠慮がない。

「そんなはずはねえだろ……。そうだったとしたら、おれは相手の気も知らねえで、まるで馬鹿じゃねえか」

「今頃気付きやがったか、そうだよ。お前は馬鹿だよ。何が妹だ。あっちはお前を男として見てくれてたんだよ」

「そんな……、おれにそんなことがあるなんて……、嘘だろう……、おれは今まで何してきたんだよ……」

「何してきたんだろうねえ」

「そんなら、どうしておれの嫁になりてえと言ってくれなかったんだ……」

「何度も言ったらしいよ。だが、肝腎《かんじん》の旦那は元より、誰も相手にしてくれなかったとか」

「そんなこと……。そりゃあ誰だって信じねえ」

弥十郎の声はどんどん小さくなっていった。

「うら若き娘が声を大にして、あの人に嫁ぎたい、なんて言えねえでしょう」

「そりゃあそうだ……。そのうちおれは他所《よそ》から嫁を迎えちまった……」

「そうして、嫁を離縁しちまうから、梢殿の気持ちも揺らいじまったんですよ」

「どうして……、どうしておれはこう、間が悪いのだろうな……」

「要領の好い旦那なんて、おもしろくも何ともありませんや」

「そうかい」

「そうですよ」

「おれはどうしたら好いんだろうな」

「わかりきったことを訊くんじゃありませんよ。ようッ、もて男!」

栄三郎は、ぽんと弥十郎の肩を叩いてすぐに踵《きびす》を返した。

弥十郎の目に光るものを見たからである。

だいたいが面倒な男なのに、似合わぬ涙を浮かべた姿を見てしまって、秘密を共有する間柄になどなりたくなかったのだ。

今日の助左衛門の話を聞くに、弥十郎はどうやら家同士のことも含め滞《とどこお》りなくうまくやったようだ。

「あの弥十郎の野郎、おれにおかしな噂を立てねえでくれなんて吐《ぬ》かしやがって、何をてれてやがんだ……。まあおれもいささか口が軽かったが、元々は弥十郎のお袋殿の若栄さんに、そろそろ弥十郎に嫁を迎えないといけない、誰か好い人はいませんかと相談されていたんだよ」

助左衛門の熱弁はなお続く。

「それでおれは、今さらしかるべきところから嫁を迎えようなどとは思わずに、身近なところから探してみたらと言ってやったんだ。そうしたら昨日、若栄さんがお蔭《かげ》で前原勇三郎の娘との縁談がまとまりましたって言うじゃねえか。てことは、弥十郎と梢は、おれが引っつけてやったみてえなもんじゃねえか……」

都筑助左衛門に言われてみて、そういえば弥十郎と梢というのはどうであろうと若栄が勇三郎と諮《はか》って、本人達には知られぬよう密かに様子を見ながら話を進めようということになったそうな。

――何だ、そうだったのか。

栄三郎は又平とニヤリとして顔を見合わせた。

勇三郎の息子・勇作はこの話を小耳に挟んで、梢に縁談が持ちあがっているということだけを、弥十郎にそっと伝えたのであろう。

弥十郎は梢の縁談の相手が自分であるとは露知らず、栄三郎に梢の縁談が成就《じょうじゅ》するようにしてくれと頼んできたのだ。

そして勇三郎が弥十郎の来訪を大いに喜んだのは、弥十郎が梢のことを気にかけていることを知り、これは脈があると思ったからに違いない。

後は好《よ》き折を見て、弥十郎、梢それぞれにこの縁談を切り出そう――。

まさしくそのような折に、弥十郎は勇作に胸を叩き、しなくて好い取次を頼み、そして薬師堂でいらぬことを言って梢を泣かせたのである。

——まったくあの蘊蓄野郎め、じっとしてりゃあ好い縁談が舞いこんだものを。

さぞかし若栄も勇三郎も、弥十郎の口から梢を嫁に迎えたいと聞かされた時は驚いたことであろう。

「どこまで間が悪く出来ているんでしょうね……」

又平が呆れ顔で栄三郎に囁《ささや》いた。

「まさしく神がかりだな……」

栄三郎は小声で応えつつ、

——だがまあ、奴の間の悪さが少しばかり役に立ったこともある。これはこれでよかったのだ。

栄三郎は、人の世話を焼くことに生き生きとした表情を見せた萩江のことを思い出した。

梢とて、別式女にならずとも、この後も萩江との交情は続くことであろう。今まで打ちこんだ武芸も無駄にはならなかったというものだ。

萩江の華やいだ少女のような立ち居ふるまい、誇らし気に報告をする時の目の輝き――。

その面影《おもかげ》に栄三郎の心は浮かれ、そのまま〝そめじ〟の喧騒の中へと溶けこんでいったのである。

第二話

王手

一

梅雨《つゆ》を目前にして、何やら蒸し暑い日が続いていたある日のこと。

秋月栄三郎の剣の師・岸裏伝兵衛が、ひょっこりと〝手習い道場〟に現れた。

七年前に本所番場《ばんば》町に構えていた気楽流の剣術道場を俄《にわか》にたたんで廻国《かいこく》修行の旅へと出てからというもの、夏は温暖の地へ、冬は寒冷の地へ行くことを旨《むね》としてきた伝兵衛であった。

絶えず厳しい環境に身を置くことで修行の意義が高められるという信念を貫いてのことであるが、ここ数年は自分の中で一定の剣技の修得ができたようで、季節を問わず江戸に戻ってくることも多くなった。

「もうそろそろ、一所《ひとところ》に落ち着かれたらどうなのです……」

栄三郎は父親以上の存在である伝兵衛に江戸定住をかねがね勧めていたから、今日のおとないを喜んだ。

見れば連れを一人伴《ともな》っている。

「旅で知り合った桂次郎《けいじろう》という……」

伝兵衛に紹介されて、桂次郎という男は首を竦《すく》めるようにして畏《かしこ》まった。

歳《とし》の頃は四十くらいであろうか、痩《や》せぎすで、垢《あか》じみた単衣《ひとえ》は着くずれていて、表情にはえも言われぬ陰《かげ》りがあった。

人の観察に長じた栄三郎には、一目で桂次郎が堅気《かたぎ》でないことが見てとれた。

「栄三郎、お前に相談したいことがあってな……」

伝兵衛は豪快に笑った。

この剣客《けんかく》が笑うとその場の〝気〟が陽に転じる。

栄三郎はたちまち満面に笑みを浮かべて、

「嬉《うれ》しゅうございます。まずはゆるりとなされて下さりませ」

と、二人を請《しよう》じ入れた。

すでに今日の手習いは終わっていて、午後の日射《ひざ》しが道場にまぶしく照っていた。

「もう三年になろうかのう。この桂次郎が谷底で倒れているところを助けてやったことがあってな」

「へい、あっしがこうやって生きておりますのもみな、岸裏先生のお蔭《かげ》なんでございます……」

それからすぐに又平の世話で伝兵衛と桂次郎は濯《すす》ぎを使い、旅装を解くと、栄三郎の居室で早速今日のおとないの理由を語り出した。

伝兵衛が栄三郎に相談したいという件は、なかなかに込み入ったものであった。

伊豆《いず》の山中で瀕死《ひんし》の状態に陥《おちい》っていた桂次郎を、偶然通りすがりに見つけた伝兵衛はこれを抱え上げ、近くの寺へと運びこんだ。

幸いにして桂次郎は一命をとりとめたが、伝兵衛は桂次郎の背に刻まれた刀《かたな》疵《きず》を見て、これはただ事ではないと理由を訊《たず》ねた。

しかしこの時、桂次郎は息も絶え絶えに、

「追剝《おいはぎ》に遭《あ》いましてございます……」

伝兵衛を拝《おが》まんばかりに礼を述べたものの、崖《がけ》から谷底に転げ落ちた理由についてはそう繰り返すばかりであった。

伝兵衛は不審を覚えた。

桂次郎は何かを隠している様子で、悪事に絡《から》んで殺されかけたゆえに理由も言えず、追剝に遭ったと言っているのではないか――そう思ったのだ。

それでも伝兵衛の目には、桂次郎がそれほどの悪人であるようには見えなかったので、とにかく命を助けてやってくれと寺の住持に桂次郎を託し、自分は急ぎの用もあり、さらに旅立った。

この時、伝兵衛は寺の住持に、もしも何者かが寺を訪ねてきて、この近くの谷で崖から転げ落ちた者はいなかったか問うてきたら、確かにいたが無惨にも事切れていて、身許《みもと》も知れなかったので荼毘《だび》に付して弔《とむら》った――そう言うようにと知恵を授けておいたのであった。

しばらくして、所用を済ませた伝兵衛は桂次郎のことが気になり、再び件《くだん》の寺を訪ねてみたが、すでに傷が癒《い》えた桂次郎は寺にはいなかった。そして住持の話によると、伝兵衛が言った通り、桂次郎が運びこまれた翌日に旅の者が寺を訪ねて来たらしい。

旅の者は、遠目に男が崖から転げ落ちる様子を目にしたので気になったのだと言ったが、その物腰たるや殺気立っていて、ただの通りすがりの男とも思えなかった。

そして、荼毘《あんど》に付したと聞くや、気の毒そうな表情を取り繕《つくろ》ったものの、その目の奥には安堵の色が見え隠れしていたそうな。

その時、桂次郎は方丈の内で寝かされていたのだが、旅の者が去った後も住持が何を問うてもやはり追剥に遭ったとしか言わず、ある朝、寺に二両の金子《きんす》を残し、姿を消したというのだ。

栄三郎に伝兵衛があらましを語る間、桂次郎は恥じ入ってずっと肩を竦めている。

「それから時が経《た》ち、八王子《はちおうじ》の宿で三年ぶりに出会ったのが三日前のことだ。そこで桂次郎に、あの日何故《なにゆえ》崖から谷へ転がり落ちたのか、誰に背中を斬られたのか問い質《ただ》したのだが、これがどうもけしからぬ話でな……」

伝兵衛はそこまで言うと、後の話を桂次郎に託した。

桂次郎は神妙な面持《おもも》ちで話を継《つ》いだ。

「すべては身から出た錆《さび》……でございます……」

桂次郎は、伝兵衛に助けてもらいながら、寺にじっとしていられず逃げ出したことがずっと気になっていたという。

それが八王子で再びばったりと出会って、このお方ならばと、何もかも打ち明ける決心がついたのである。

「あっしは将棋指しでございまして。と言いましても賭け将棋で命を繋《つな》ぐ、けちな野郎でございます」

桂次郎はかつて、将棋指しの家元・伊藤宗因《いとうそういん》の家で下働きをしていた。門前の小僧習わぬ経を読む――という言葉の通り、十三歳の時に奉公に出て以来、いつしか将棋を覚え、その才能を宗因に認められ、弟子となった。

しかし、やがて賭け事や酒に現《うつつ》を抜かすようになり、師の怒りを買い破門にされたのである。

それからは〝勝負師〟として、やくざな道に身を置く暮らし――。やがて大きな勝負に敗れたことで借金がかさみ、金貸しから借りた金子《きんす》は二十両を超えた。

「それで、借金取りに追いかけられることになりましてね。困っているところへ、借金を棒引きにして、その上にまだ十両の金を足してやろうという話が舞いこんだのでごぜえやす……」

話を持ちかけてきたのは両国《りょうごく》の金貸し・黒子屋源蔵《くろこやげんぞう》であった。

源蔵は桂次郎に、近く行われる将棋の勝負で助っ人をしてもらいたいと言うのだ。

「将棋の助っ人……？」

栄三郎は小首を傾《かし》げた。

将棋というものは通常一対一の勝負であるはずだ。それをどうやって助っ人をするのであろうかと合点《がてん》がいかなかった。

「つまり、いかさまの片棒を担《かつ》げということなんでございます」

黒子屋源蔵はこのところ仏具屋〝法念堂《ほうねんどう》〟の主《あるじ》・和助《わすけ》と将棋を指しているのだが、将棋の腕は和助の足下《あしもと》にも及ばず、負け通しなのだという。

それゆえに、どうしても一度勝ちたい。

そこで源蔵が企《たくら》んだのが〝いかさま〟将棋であった。

まず料理屋の離れの一室を用意し、そこでいつものように源蔵と将棋を指す。この時、隣室に桂次郎が控えていて、読みあげられた棋譜を盗み聞き、源蔵の次の一手を考えてやる。

そして、紙に書いた手を庭にいる源蔵の手下に見せる。

手下は将棋を指している〝法念堂〟の和助の背後からこれを写した紙を掲げ、源蔵に見せる……。

こういう段取りだった。

しかし、一度将棋で負かせてやりたいからといって、借金を棒引きにした上で十両の金をやるというのはあまりに出来過ぎた話だ。

気が乗らない仕事ではあったが背に腹はかえられず、桂次郎はこれを引き受けた。

「お前はただわたしを将棋に勝たせてくれたらそれで好いんだ。余計なことは考えないことだね……」

源蔵にそう言い聞かされて迎えた当日。

桂次郎は対局の部屋の隣室で小さくなりながら、源蔵と〝法念堂〟の主・和助とのやり取りを聞いていた。

「和助さん、今日こそは勝たせて頂きますよ」

源蔵の穏《おだ》やかな声が聞こえてきた。

「はッ、はッ、そうはいきますかな……」

応《こた》える和助の声も明るく、二人が将棋を通じて親しい関係を築いていることが窺《うかが》えた。

「御先祖様から受け継いだ千鳥《ちどり》型の香炉をお渡しするわけには参りませんからねえ」

和助の笑い声が聞こえた。

「いやいや、これは穴があったら入りとうございます。もしもわたしが勝ったなら、あの香炉を頂きたいなどと、酒の席の座興とて、よくも言えたものと恥じております」

源蔵が恐縮の体《てい》で言った。

どうやら二人は酒席の勢いで、互いに次の勝負に物を賭けたようだ。源蔵が持ちかけたことのようだが、力の差が歴然とする二人である。源蔵が賭けた物を持っていかれるに決まっている。

人の好い和助はこれを一旦拒《こば》んだが、

「いやいや、いつも下手なわたしに将棋を教えて頂いている御礼と思って下さりませ……」

何かを賭けることの緊張が、少しは自分の腕を上達させてもくれるであろうし、十中八九《じっちゅうはっく》負けるにしても、勝負することに夢が持てるというものだと源蔵は願った。

「まあ、そう仰《おつしや》るなら互いに物を賭けるのも一興ではございますが、源蔵さんはくれぐれも高価な物をお賭けになりませぬように……」

和助は源蔵に気遣《きづか》いつつこれを受けた。源蔵は愛用の銀煙管《ぎせる》を賭け、

「どうか一時、夢を見させて下さいまし……」

と、和助には〃法念堂〃の家宝である千鳥型の香炉を賭けてもらいたいと言った。

「あの香炉を……」

和助は鼻白《はなじろ》んだが、

「座興でございますよ……」

結局、すべてはこの一言で済まされて、和助もこれに何の気なしに同意した――。

二人の会話を聞くに、今日の対局にはそのような約束がなされていると思われた。

つまり源蔵は将棋好きの和助に将棋をもって近づき、自分が弱いことを知らしめた上で相手を油断させ、このようないかさまを仕組んでお宝を頂こうという魂胆のようだ。

桂次郎は悪事の片棒を担ぐ虚《むな》しさに襲われたが、背に腹はかえられなかった。

――余計なことは考えまい。

隣室では和《なご》やかな様子で対局が始まった。

〃二六歩〃

立会人の将棋仲間が読みあげる。

どこぞの風流を好む侍のような風情《ふぜい》であったが、この侍も源蔵の仲間内で、裏へ回ればろくでもないことをしている輩《やから》なのであろう。

〝三四歩〟

桂次郎は源蔵の打つ手を紙に書いて、源蔵の手下に次々と見せていった。

その紙は和助の背中越しに庭で掲げられた。

やがて和助のにこやかな声音《こわね》が聞こえなくなり、唸《うな》るような荒い息遣いばかりが漏《も》れ伝わってきた。

和助の将棋の腕はなかなかのものであったが、所詮《しょせん》は素人《しろうと》である。家元・伊藤家で学んだ桂次郎には敵《かな》わなかった。

「そ、そんな……」

勝負は源蔵に軍配が上がり、和助の引きつった笑い交じりの嘆息が聞こえた。

思わぬ負けに驚きはしたが、この時はまだ家宝の香炉を賭けたとはいえ、座興で済まされるものと和助は思っていたようだ。

だが、その途端、源蔵の声音はがらりと変わっていた。

「さて、和助さん、勝負はついた。約束の物を頂きましょうかねえ……」

「げ、源蔵さん……」

うろたえる和助に、

「将軍家直参《じきさん》・宅間登志郎《たくまとしろう》、確《しか》と見届けたぞ。〝法念堂〟、言い逃れは武士の意地にかけて許さぬと思え……」

穏やかな様子であった侍がこれも豹変《ひょうへん》して、凄《すご》みを利《き》かせた声で脅しつけた――。

その後のことを桂次郎は知らぬ。

それからすぐに桂次郎は身を潜《ひそ》めていた部屋を出て、下田《しもだ》へ旅立ったのである。

念のためにしばらくの間江戸を離れるようにと、源蔵が隠れ家を用意してくれたのである。

「そうして、下田へと向かう途中の山道で追剝に遭ったたってわけで……」

桂次郎は回想するうちに心苦しくなってきたのか、声を絞《しぼ》り出すようにして栄三郎に言った。

「なるほど……。その追剝は、金貸しの源蔵が口封じに差し向けたってわけか……」

「へい、恐らくは……。襲ってきた野郎の顔に見覚えがありやした……。あれはきっと黒子屋に出入りしている侍の折助《おりすけ》(武家に仕えた渡り中間《ちゆうげん》)だったと……」

栄三郎は汚い奴《やつ》らだと顔をしかめた。

岸裏伝兵衛はいかにもと頷《うなず》いて、

「話を聞くに、この桂次郎は命拾いをして旅に出たものの、江戸の〝法念堂〟という仏具屋がどうなっているのかずっと気に病んでいたらしい。だが、伊豆の山中で死んだことになっている自分が江戸に帰って、実は生きていたことが源蔵に知れてはまずいことになる……。それゆえ、帰るに帰れぬまま三年が経ったというわけなのだ」

「そうして再び頼りになる先生と出会った……。江戸には罪滅しに帰ってきたと……?」

「へい、あっしのせいで〝法念堂〟という仏具屋の主人を不幸せにしたのなら、何とかして償《つぐな》いてえと思っております」

桂次郎は深々と頭を下げた。

その姿を見て岸裏伝兵衛は、この男の言うことは信用がおける、その後の〝法念堂〟の様子を探り、源蔵の悪巧《わるだく》みを暴いてやろうではないか、と栄三郎に頷いたのであった。

二

それから二日の後——。

秋月栄三郎は又平を伴って、日本橋通《にほんばしとおり》南《みなみ》三丁目に住む剣友・松田新兵衛《まつだしんべえ》の許《もと》を訪ねた。

岸裏伝兵衛は桂次郎を連れて、すぐに手習い道場から新兵衛の浪宅へ移っていた。

もしもこの先、桂次郎の姿を源蔵一味に見られてしまうようなことがあれば、子供達が通う栄三郎の家にいては厄介をかけることになるという、伝兵衛の細心の配慮であった。

伝兵衛と、その弟子の中で最強を謳《うた》われた松田新兵衛が一緒ならば怖いものはない。

後顧《こうこ》の憂《うれ》いなく、栄三郎と又平は仏具屋〝法念堂〟のその後と、金貸し源蔵の様子を探ったのである。

幸いにしてこの二日の間、雨は降らなかった。

今は昼下がりで、曇り空の下、江戸の町は蒸し暑く、暗雲がたちこめ落ち着かない天気に見舞われていた。

「それがその……。どうも申し上げにくいのでございますがねえ……」

又平がまず、仏具屋〝法念堂〟の〝その後〟を伝えた。

「主の和助という人は今どのように……」

待ち切れずに桂次郎は、食い入るように又平を見た。

「へい、お亡くなりになりやした……」

「死んだ……」

「首を括《くく》ったそうでやすよ」

「何てこった……」

桂次郎はあまりのことにがっくりと肩を落とし、しばし放心した。

伝兵衛と新兵衛も、思わぬ事態の推移を聞かされ、困惑の目を栄三郎に向けた。

又平は、かつて軽業《かるわざ》芸人をやめ渡り中間をしていた頃に、浅草田原町《あさくさたわらまち》にある仏具屋へ何度か遣《つか》いに出向いたことがあり、久しぶりにその店を訪ねてみた。

主人は又平のことを覚えてくれていて、昔話に華が咲いたのだが、

「ところで、〝法念堂〟っていう御同業を知っちゃあいませんかい。いえね、〝法念堂〟の和助って御主人に随分《ずいぶん》前、出先でちょっとした世話になったことがありましてねえ……」

と、水を向けてみたところ、主人はたちまち顔を曇らせ、件の答えを返してきたのである。

それからあれこれ訊《き》いたところによると――。

〝法念堂〟は浅草御門前に店を構える老舗《しにせ》で、和助はこの店の娘・お里《さと》の婿養子であったという。

真面目《まじめ》一筋――将棋を指すことだけが道楽の男であったのだが、どうやら賭け将棋に手を出して、養子の身で大きな借金を作り、思いつめて庭の木に首を吊ったのだと仲間内ではもっぱらの噂《うわさ》であったそうな。

この大きな借金というのが、その実金銭ではなく、家重代の家宝の香炉であることは明らかであった。

〝法念堂〟としては、和助がこれを将棋の勝負に賭けて取られてしまったとは口

が裂けても言えない事情があるのだろう。

「和助さんが首を括っちまった後、〝法念堂〟はお里さんが切り盛りして、何とか潰《つぶ》れずに続いているようですぜ」

又平は桂次郎を慰《なぐさ》めるように言った。

「桂次郎、お前は馬鹿なことをしたが、悔い改め和助のことを案じて江戸へ戻ってきたのだ。天はお前を許してくださるであろう」

伝兵衛が又平の言葉に続けた。

「許して下さいますかねえ……」

桂次郎の声は震えていた。

「ああ、許してくれるぞ。和助は気の毒なことをしたが、和助にも油断があったことは確かだ。それに、お前がいかさまの片棒を担がなかったとしても、源蔵という金貸しはきっと他の誰かを使ってやってのけたであろうよ」

「そりゃあ、そうかもしれませんが……」

「残念ながら源蔵はしゃあしゃあとして、御家人の宅間登志郎とつるんで悪巧みを重ねているようだな……」

又平の報告を受けて、栄三郎は源蔵と宅間登志郎の今を伝えた。

この二人の噂は、京橋竹河岸《たけがし》で〝竹茂《たけしげ》〟という荒物屋を営《いとな》んでいる茂兵衛《もへえ》から仕入れた情報である。

茂兵衛は竹を扱わせたら見事な腕前を発揮する職人であるが、その傍《かたわ》らで町同心・前原弥十郎の手先を務める十手《じって》持ちである。

これくらいの情報を仕入れるのはわけもないことであった。

早速、両国界隈《かいわい》に顔を利かす御用聞きを通じて、黒子屋源蔵が金を貸し付けた相手の弱みにつけこみ、あれこれと無理難題を吹っかけていることがわかった。

借金の棒引きをちらつかせて、借り手が知り得るあらゆる秘事を聞き出させるのだ。

職人であれば出入りしている商家の主の女出入りであったり、賭場《どば》通いなどの噂を聞き出させ、将軍家直参を看板にした宅間登志郎が乗りこんで脅しをかける――。

大まかにいうとこのような流れなのであるが、弱みを握られた側は表沙汰《おもてざた》にはしないので、薄々悪事の内容が知れたとて、宅間を慮《おもんぱか》って町方の方も容易には手が出せないようなのだ。

「あの野郎……、どこまで調子に乗りゃあ気が済むんだ……」

情けなさに項垂《うなだ》れていた桂次郎の肩が次第に怒りで震えてきた。

確たる証拠はないものの、桂次郎は黒子屋源蔵に殺されかけたのである。

「こうなりゃあ、三年前のことを、出る所に出てぶちまけてやりますぜ！」

「まず待て……」

伝兵衛はいきり立つ桂次郎を宥《なだ》めた。

「言いたてたところで、相手の方はいくらでも言い逃れができるだろう」

「それは……」

「とにかくここは栄三郎の知恵を借りるとしよう。この男はな、おれの弟子の中では一番の怠《なま》け者だが、これでなかなかの軍師でな」

「ははは、軍師とお呼び頂くほどのことではござりませぬが、まだ今はほんの手始め、これからがおもしろいことになりましょう」

栄三郎は少しはにかんで応えると、桂次郎を見てニヤリと笑った。

「桂次郎さん、何も焦ることはない。お前さんは幸い死んだことになっている。これを逆手にとればおもしろい仕返しができるかもしれませんよ」

「おもしろい仕返し……。それはいったいどんな風に……」

「今はまだ妙案はないが、あれこれ動くうちにいい考えも浮かぼうってもんだ。

お前さんがまずしなければならないのは、お里さんに本当のことを自分の口から伝えることじゃあないんですかねえ」

「へい、それは栄三先生の仰《おつしや》る通りでございます。だが、死んだはずのあっしがのこのこ〝法念堂〟の表から入っていくわけには参りやせんし、こいつはどうしたものでございましょうかねえ……」

「まあ、そのあたりはどうにでもなりますよ。任せてもらいましょう。それからちょっとおもしろいことを聞きつけましたよ」

「おもしろいこと……？」

「黒子屋源蔵の奴、この三年の間にすっかりと将棋好きになって、自分でもなかなか指せるようになったとか……」

「源蔵が……」

あんな奴に将棋が指せるものかと、たちまち桂次郎の顔が歪《ゆが》んだ。

三年くらい前からのめりこみ始めたというから、栄三郎が見たところでは、〝法念堂〟の和助と将棋をよく指していたことが世間の知れるところとなり、黒子屋源蔵は将棋好きであるという噂が流れたのであろう。

その後、将棋の誘いが方々《ほうぼう》からかかるようになり、それなりの腕を身につける必要に迫られたのだ。

そうして、将棋の勉強にせっせと励むうちに、技量が上がり、技量が上がるとおもしろくて堪《たま》らぬようになったのであろう。

「それで、金を貸している将棋指しを自分の指南役に据《す》えたらしい」

「ふん、どうせあっしと同じような、賭け将棋で暮らしているろくでもねえ野郎に違《ちげ》えねえや……。何という男かわかりやすかい……」

「香介《こうすけ》というらしい」

その名を聞いて、桂次郎ははっとして、

「香介……。香車《きようしや》の香と書くんじゃあ……」

「そのようだが……」

「桂次郎、知っているのかそ奴を」

伝兵衛が訊ねた。

「へい、ようく知っておりやす……。黒子屋に金を借りたのは奴との勝負に負けてしまったからでございます……」

香介は桂次郎と同年で、こちらは家元・大橋《おおはし》家の奉公人から将棋指しになったものの、素行の悪さを咎《とが》められて中橋広小路《なかばしひろこうじ》の大橋家屋敷から放逐《ほうちく》され、賭け将棋に明けくれた。

　この辺りは桂次郎と同じような過去を持っているのだが、伊藤家にいた桂次郎にあれこれ賭け将棋を勧め、身を持ち崩す一因を作ったのがこの香介であったのだ。

「香介、お前のお蔭でおれはひどい目に遭った。どうしてくれるんだよう……」

　ちょっと風邪をこじらせて頭が回らないから、おれに代わって将棋の相手をしてくれと香介に頼まれ、軽いつもりで引き受けた勝負が、なかなかに大きな金が動く賭け将棋で、しかも難なく勝った相手はとんでもない暴れ者で、負けた腹いせに大暴れして追いかけ回された。

　その騒動が因《もと》で桂次郎は破門されて、やくざな勝負師へと落ちぶれたのだ。

　桂次郎は怒り心頭で香介に詰め寄ったが、

「何を言ってやがんだ。手前がのろまなくせに、おれに文句をつけるんじゃねえや」

　香介は桂次郎を嘲笑《あざわら》い、二人は大喧嘩《おおげんか》になった。結局、将棋指しは将棋盤の上で勝負しようではないかということになった。

「十両を賭けようじゃねえか……」

この香介の提案を桂次郎は呑《の》んだ。桂次郎にそれほどの金の持ち合わせはなかったが、売り言葉に買い言葉である。

「いざともなれば金を用立ててくれる金貸しを知っているから、教えてやるぜ……」

香介は自分がよく金を借りている金貸しを桂次郎に紹介した。それが黒子屋源蔵であったのだ。

どうも胡散臭《うさんくさ》い男だと思ったが、香介との勝負から引けなかった。源蔵から十両の金を借りて将棋で決着をつけに臨《のぞ》んだのである。

桂次郎は香介に勝つ自信があった。

何回か香介の対局を見ているが、自分なら楽に勝つことができる相手だと思われた。

「香介、お前こそ十両持っているんだろうな。吠《ほ》え面《づら》かくんじゃねえぞ……」

勇んで勝負に臨んだが、開始からしばらくして、頭がくらくらとしてきた。そして何とか駒を動かしてみるものの思うにまかせず、気がつくと負けていた。

「今思えば、あの時、茶の中に何か一服盛られたようなんでございます……」

これ以降、桂次郎は借金を背負い、その心は荒《すさ》み、もう伊藤家に戻る道も完全に絶たれてしまったのだ。

香介を捉《とら》えて、茶に薬を盛ったか問いつめようにも、香介はそれから逃げるように旅へ出て、桂次郎の前から姿をくらました。

桂次郎は大道《だいどう》の賭け将棋などで稼ぎ、黒子屋への借金返済を続けたが、高利で借りた金は利息を生み、返すどころか増える一方で遂《つい》に二十両となり、黒子屋源蔵に逆らうこともできず、やがて〝法念堂〟の和助に仕掛けたいかさまの片棒を担ぐことになる。

思えば桂次郎にとって災《わざわ》いの元凶である香介が、今、黒子屋源蔵の将棋指南として江戸へ戻っているとは――。

桂次郎は歯噛《はが》みした。

香介も、黒子屋から桂次郎が伊豆の山中で追剝に遭って命を落としたと聞かされて、大手を振って江戸に戻ってきたのであろう。

話を聞いて伝兵衛が、またいつもの豪快な笑いを放った。

「なるほど、そのような因縁のある奴が黒子屋の将棋指南にのう……。源蔵もお前を殺さずに生かしておけばよかったと思うたことであろうよ」

伝兵衛の笑いに、桂次郎も皮肉な自分の運命を思い知り、怒ることも馬鹿らしくなってきて、

「あんな奴に将棋を習ったとて、腕があがるはずはありませんや」

しきりにこの言葉を口にして、少しずつ気持ちを抑えていた。

その様子を見る栄三郎の口が綻《ほころ》び始めた。

「栄三郎、何か思いついたようだな。おれは何をすれば好い……」

それまで一言ものを言わず、黙って話を聞いていた松田新兵衛が、ゆっくりと口を開いた――。

三

「どうぞ、これはこの月の分でございます……」

お里は三十両の金子を差し出した。

「これはこれは、申し訳ありませんねえ……」

金子を検《あらた》めると、黒子屋源蔵はそれを革《かわ》財布に放りこみ、無造作《むぞうさ》に懐《ふところ》にねじこんだ。

「わたしが頂きにあがれば好いものでございますが、手前のような金貸しが、毎月決まったように〝法念堂〟さんにお伺《うかが》いすればさぞや御迷惑でございましょうし、また、わたしの家にお出まし願うのも外聞《がいぶん》が悪いというものでございます。今しばらくは宅間様の御屋敷で、こうしてやり取りをさせて頂くのがよろしいかと存じます……」

「はい、このお支払いが終わるまでそうさせて頂きとうございます」

お里は、体中を穴の開くほど源蔵に見回されて、うんざりとした声で吐き捨てるように応えた。

まだ三十にならぬ後家の色香は、それでも殺風景な武家屋敷の書院の一室に艶《あで》やかな趣《おもむき》を漂わせ、およそ笑顔の似合わない源蔵の表情をニヤニヤとさせた。

ここは本所一ツ目通りにある百俵《ぴょう》取りの旗本・宅間登志郎の屋敷である。

旗本屋敷といっても、無役で小悪党の宅間の家のこと。老僕一人とほとんど町の破落戸《ごろつき》と言っても過言ではない権六《ごんろく》という折助がいるだけで、門の潜《くぐ》り戸《ど》は砂が詰まった徳利《とっくり》が柱の鐶《かん》に吊り下げられていて、この重みで独りでに開け閉めがされているといった〝徳利門番〟に任す荒屋《あばらや》である。

それでも、今源蔵が言ったように、お里にしてみればまだしも武家屋敷に出入りする方が気が楽なのだ。

「ごめん下さいまし……」

渡すものを渡せば、一時もいたくない所であった。

お里はそそくさと立ち去ろうとしたが、

「この前申し上げたお話の方は、何も考えてはくれていないのですかねえ……」

源蔵はそれを見越して呼び止めた。

「はて、何のことでしょう」

「四十男に恥ずかしいことを何度も言わせるものじゃありませんよ」

お里に素《そ》っ気《け》なく返されても、源蔵はごつごつとした悪人面《づら》に不気味な笑みを浮かべ、しつこく絡みつくように言った。

「どこか人けのない静かな所で毎月一度と言わずに、二度三度とわたしに会って下されば、その次の月からは、三十両のお金の方も帳消しにさせて頂きましょうという話ですよう……」

「本当に、よくもそんな恥知らずなことをぬけぬけと仰いますねえ……。ごめん下さいまし……」

お里は足音も高く一間を出て、内玄関で待つ手代を従え、逃げるように屋敷を出た。

「お帰りですかい……」

門の脇に建つ長屋の格子窓《こうしまど》の向こうから、権六が無遠慮に声をかけた。

この男は体中が下卑《げび》ていて、声をかけられるだけで虫酸《むしず》が走る。

返事などはもちろん返さず、お里は小走りに両国橋へと向かった。

背後からは折助の卑《いや》しい笑い声が聞こえてきた。

「黒子屋、なかなかあの女はなびかぬのう……」

件の一室で忌々《いまいま》しそうに息を吐く源蔵の前に、奥から宅間登志郎が出てきて、
こちらもまた御直参が聞いて呆《あき》れるほどの卑しい笑いを放っていた。

「まあ、なかなか好い女だが、何も首を吊った和助の残り物を食わずとも、月々の三十両があと二年も入ってくるのだぞ。それを帳消しにしてまで言い寄るお前の気が知れぬわ……」

「ヘッ、ヘッ、お言葉ではございますがお殿様、月々三十両を二年ふんだくったとて千両にもなりやせん。あの後家をものにすりゃあ、〝法念堂〟の屋台骨ごと、食っちまうこともできますさあ」

「なるほど、色と欲の二道か……」

「へい……」

「ふッ、ふッ、あんまり欲をかくでないぞ……」

「畏《おそ》れ入りましてございます……」

この三年の間、〝法念堂〟の後家・お里はこのような悪鬼が巣くう伏魔殿《ふくまでん》に毎月一度、三十両もの大金を運び続けてきた。

老舗の仏具屋といえども、夫の和助を失い、女の身で切り盛りするお里にとって、それがどれだけの重荷であることやしれぬ。

悪夢であった。

三年前の夏のある日、和助が顔面蒼白《そうはく》となって、いかにも怪しげな黒子屋源蔵なる金貸しと、目付きの悪い折助一人を供にした宅間登志郎なる中年の旗本に伴われて店へと戻ってきた。

今日は将棋の集まりがあるとかで、昼下がりにうきうきとした表情で出ていったはずであったが——。

ただ事でない様子に、そっと奥座敷に来客をあげると、何たることか、和助は家重代の宝である千鳥型の香炉を将棋に賭けて負けたという。

旗本・宅間登志郎が立会人である。

「さて、頂いて帰りましょうか」

と源蔵が詰め寄るのを、お里は必死で押し止《とど》めた。

「それもこれも、黒子屋さんを将棋仲間と信じてただの座興と思ってのことにございましょう。どうか、この香炉を持っていくことだけはお許し下さりませ」

お里は何度も畳に額《ひたい》をこすりつけた。

この千鳥型の香炉というのは、どうあっても人手に渡すことはできないものであった。

〝法念堂〟が老舗と呼ばれる所以《ゆえん》は、この香炉に込められていた。

店の歴史を遡《さかのぼ》ること五代前――〝法念堂〟が出入りを許された紀州徳川家《きしゅうとくがわ》三代・権中納言綱教《ごんちゅうなごんつなのり》公から拝領した由緒ある品なのである。

紀州侯はこの時、

「何ぞの折は遣《つか》いをやるゆえ、この香炉を持参致し、香を焚《た》いてくれ……」

と仰《おお》せられたという。

つまり、これは気に入りの香炉であるから、たまには見せに来てくれということで、拝領はしたものの、お預かりしているという気持ちで家の宝として大事にするようにと、〝法念堂〟では代々言い伝えられてきた物なのだ。

実際、その後も二度、赤坂《あかさか》の紀州家中屋敷に〝法念堂〟当主が持参している。これがないとは口が裂けても言えないのである。

黒子屋と宅間はそれを見越した上で、和助を陥《おとしい》れたのであろう。

聡明なお里はすぐに気付いた。

そもそも夫の和助が黒子屋に将棋で負けるはずはなかった。

このところ黒子屋源蔵という将棋仲間が出来た。これがまた下手《へた》の横好きというやつで、何度指してもあっさりと自分が勝ってしまう。

「日頃は気難しそうな顔をしている人が、しょんぼりするのを見ていると、何とも気の毒になるやら、おかしいやらでね」

そう言って和助はよく笑っていたものだ。

「まあ、こちら様にもおいそれと渡せぬ事情があるのはわかります」

源蔵はいけしゃあしゃあと、いかにもお里の言葉にほだされたような表情を浮かべて、

「これでは香炉をどうあっても持っていくとは言えませんな」

と言って歩み寄りを見せたが、

「だが、男と男の勝負に嘘偽《うそいつわ》りはならぬぞ」

横から宅間がこのままで済ますわけにはいかぬと脅しつけ、ひとまず香炉を目の前に持ってこさせた。

「黒子屋、この千鳥型の香炉はいかほどの値打ちがあると見る」

「値段をつけられるような品ではありませんが……。鈕《ちゅう》は後藤祐乗《ごとうゆうじょう》の手によるもの……。恐らく二千両は下らぬかと……」

悪辣な金貸しであるが、借金の形《かた》の見極めは玄人《くろうと》である。元よりこの香炉の噂は聞きつけていたゆえに下調べはしてある。

至極的《しごくまと》を射た値踏みであった。

「では〝法念堂〟、香炉を渡さぬとなれば、二千両をもってこれに替えることだな」

宅間は言い立てた。

「だが黒子屋、ここは立会を務めた身共《みども》が間に入ろう。いきなり二千両の金子を払えというは酷なことだ。どうであろう、向こう五年の間、三十両を毎月支払うということでは……」

閏月《うるうづき》は支払わずによいこととし、千八百両で手を打ってやれと宅間は勧め、これに従わぬというならば、紀州侯拝領の香炉を将棋の賭物《かけもの》にしたことを世に問うと脅し、約定証文を書かせたのである。

虚仮《こけ》のように放心してこのやり取りを見ていた和助は、鉛色《なまり》になった顔に涙を浮かべてお里にくどくどと頭を下げ、先祖の仏壇の前に座ったまままんじりともしなかった。

——この人は危ない。何をしでかすかしれない。目を離してはいけない。

そう警戒しながらも、ついうとうとと眠りについてしまって、目が覚めた時——和助は庭の植木に首を吊って死んでいた。

婿養子としては申し分のない人であった。

ただひとつの道楽が将棋で、思えば将棋好きのお里の父である先代の相手をよく務めてくれたものだ。

女房として、もっと派手に遊ばせてあげればよかったのか——。

やりきれぬままに時が過ぎた。

再婚の話は何度もあったが、和助との間に生まれた五歳になる息子が大きくなるまではと、この三年歯を食いしばってきた。

和助の死の真相については出入りの御用聞きに頼んで内々に済ませたが、婿養子の身で賭け将棋の負けがこんでお里に合わせる顔がないと首を括ったのだと、世間は鵜《う》の目鷹《たか》の目で真相を探ってきた。

お里の気性《きしょう》の激しさが和助を自害に追いこんだのだと噂をする者もいた。

ほとんど走るように両国橋を渡り、広小路を抜け、お里は浅草御門前の〝法念堂〟に戻った。

次から次へと頭の中に湧《わ》きあがる無念と絶望、醜《みにく》い金貸しと旗本が放つ邪気をすべて洗い流そうと、お里は湯殿で水をかぶり、体を清めた。

近頃は金をむしり取るだけでは飽《あ》き足らず、自分の体まで狙い始めた源蔵に、このままいいようにいたぶられたままで、あと二年の返済を続けねばならぬのか――。

毎月の十日は、お里にとってこんな堪らなく屈辱にまみれた一日となるのである。

それでも邪気を払い、天に祈れば、必ずどこからか救いの神が現れる――そう念じてお里はか細い白い裸身に水をかぶせ続けた。

そしてその二日後のこと。

お里に救いの神が現れたのである。

四

その日。

店に二人の涼やかな剣客が現れた。

二人共に、旗本三千石《ごく》・永井勘解由の家中に剣術指南をする者であるという。

爽《さわ》やかでどこかくだけた風情のある一人と、武骨を絵に描いたような偉丈夫《いじょうふ》の一人が、秋月栄三郎と松田新兵衛であることは言うまでもない。

寒気がするような卑しい男達と会ったばかりのお里にとっては、二言三言、言葉を交《か》わしただけで何とも落ち着いた心地《ここち》になり、久しぶりに商売をしていることの幸せを思い知らされる一時となった。

「御内儀、あれこれと仏具について教えてもらいたいのだが、よろしいかな……」

栄三郎と新兵衛に請《こ》われて、お里は二人を店の座敷の一隅へと案内し、自らが応対に当たった。

「何なりとお申し付け下さりませ」

「それはありがたい……。ははは、まったく、若い時は仏事などはまるで人任せにしていたが、歳をとるとそうもいかず、我が身の頼りなさを思い知らされる……」

栄三郎はあれこれと世間話などしてお里を笑わせ、すっかりとその心をほぐすと、にこやかに、

「時に、〝法念堂〟殿に、是非会わせたい者がいるのだが……」

「手前共に会わせたい……？」

「というより、向こうの方が一目会ってそなたに謝りたいとのことにて」

「はて……」

お里は首を傾げた。

「その男は、三年前、この屋の主の和助殿が、何故《なにゆえ》黒子屋ごときに負けたかを知る者だ……」

栄三郎は低い声で言った。

「何と……。何と仰せにござりまする……」

叫び出したくなるのを抑え、お里は声を押し殺した。

「広小路に〝松葉庵《まつばあん》〟というそば屋がある。その小座敷で待っているから、秋月

栄三郎を訪ねてはくれぬかな。悪いようにはせぬ。わたし達は黒子屋と宅間登志郎の悪事に強い憤《いきどお》りを覚えているのだ」

栄三郎の目差《まなざ》しには真心がこもっている。

お里は大きく首を縦《たて》に振った。

〝松葉庵〟の小座敷には、岸裏伝兵衛が桂次郎を連れてきていた。

小座敷は二階廊下の一番奥で、もう一部屋とは階段の踊り場で仕切られていて、密談をするには気が利いている。

秋月栄三郎と松田新兵衛が去った後、お里は二人を追うように店をとび出した。

そして、言われた通りに栄三郎と新兵衛を訪ねて店へと入った。

するとそこにはさらに年嵩《としかさ》の剣客がいて、お里は一瞬面喰《めんく》らったが、この武士も人品《じんぴん》卑しからざる人物であることが一目で知れて、彼女の気持ちを奮《ふる》い立たせた。

そしてさらに一人——三人のたくましき剣客に囲まれ、ひたすらに畏まった様子で身を縮《ちぢ》めている男がいる。

この男が、あの日の和助の思わぬ敗戦についての何かを知っているのであろう。そう思うとお里の心が逸《はや》った。

「よう参られたな。我らが剣の師・岸裏先生だ」

栄三郎は小座敷にお里が姿を見せるや、穏やかな笑みを浮かべ、

「そして、〝法念堂〟殿に謝りたいという、桂次郎殿だ」

まず伝兵衛と桂次郎を紹介して、

「とにかく落ち着いて話を聞いてもらいたい」

お里に大きく頷いた。

「お初にお目にかかります。これは〝法念堂〟のお内儀さんでございますか。今頃になってのこのこと出てきて、こんなことをお話し致しますのは真《まこと》に面目《めんぼく》次第もねえことでございますが……」

やがて、ぽつりぽつりと桂次郎は、あの日黒子屋が仕組んだからくりの一部始終を話し出した。

落ち着いて聞いてもらいたいとは言われたが、これが落ち着いていられようか――。

話が進むにつれ、形よく整ったお里の顔立ちが哀れにも歪み始めた。

「どうか……、どうかあっしを許してやっておくんなせえ……。まさか、〝法念堂〟の旦那《だんな》さんが命を絶つなどとは思いもよらず……」

桂次郎はついに最後まで話し終えると、三年の間心の内に深い影を投げかけていた秘め事をすべて吐き出して、目には涙を浮かべ、深々と頭を下げた。

「あの黒子屋が……、宅間が……」

すべてを聞いたお里はしばし怒りで声も出ず、きりきりと無念の歯嚙みをした。

「お里殿……。桂次郎めを許してやってはくれぬかな……」

頃合を見て、伝兵衛が執《と》りなした。

「よくぞお話し下さいました……。桂次郎さんには怒るどころかありがたい気持ちでいっぱいにございます」

そう応えた時には、お里に覚悟の表情が浮かんでいた。

「この歳月……。黒子屋がわたしを踏みつけにして、どれだけの苦労をかけられたことか……」

今まで頭の中で腑《ふ》に落ちなかったあの日の和助の不覚が明らかとなり、お里は黒子屋源蔵と宅間登志郎に脅され月三十両の金子を払い続けなくてはならなくなった経緯、近頃忌々《いまいま》しくも源蔵が身の程知らずに言い寄ってきている事実をこの場で打ち明けた。

たちまち男四人の表情に怒気が浮かんだ。

桂次郎から聞かされたいかさま将棋が、〝法念堂〟の主であった和助を自害に追いこんだことはわかっていたが、その後に後家となったお里が、ここまで黒子屋と宅間一味から酷《ひど》い仕打ちを受けていたとは——。

互いに情報を交わして、この場の五人の悪事に対する憤りはとてつもなく大きなものとなっていた。

お里の〝覚悟〟は、その表情の中で、ある〝決心〟に変わっていく。

完全に開き直った時の女の強さ、無鉄砲さを栄三郎はわかっている。

「お里殿、早まったことを考えているのではないだろうねえ」

栄三郎はお里に自重《じちょう》を促《うなが》した。

「たとえば、この上は千鳥の香炉を手放してでも、奴らの悪事を訴え出てやろうなどと……」

「それは……」

心の動きを見破られ、お里は口ごもった。

「短気は損気というではないか。あれこれ言い立ててみたとて、相手の方は何とでも言い逃れをするに決まっている」

そして紀州徳川家より拝領の品を、軽々しく将棋の賭けに供するとは不届きということになり、場合によっては店をたたまねばならないかもしれない。

そんなことになれば元も子もないと、栄三郎は言った。

「左様《さよう》でございますね……」

お里は大きく息をついた。

確かにそんなことをすれば、三年前のことを気にかけて、危険を承知で江戸へ戻ってきた桂次郎にも罪咎《つみとが》が及ぶかもしれないのである――お里はそのことに気がついたようだ。

桂次郎もまたお里の気遣いを察して、

「あっしの身はどうなったっていいんでございます。ただ、あっしが三年前の悪巧みをお伝えしたことで、お店にかえって迷惑がかかっちまうんじゃねえか……。それが何とも心苦しくて……。先生方、何とか〝法念堂〟さんの気が済むように、このあっしの命を使ってやっておくんなさいまし……」

和助を殺し、その妻であったお里までも厄難に追いこんでしまった自分を恥じていたたまれなくなり、桂次郎はひたすらに掻《か》き口説《くど》いた。

「桂次郎、お前までが取り乱してどうする」

伝兵衛が窘《たしな》めた。

「でも、先生、あっしは……」

「お前の命の張り所は、今栄三郎が考えているはずだ。まずお里殿と共にゆっくりと聞くがよい」

伝兵衛は、お里と桂次郎を交互に見てから栄三郎に頰笑《ほほえ》んだ。

年長者の落ち着きと明るさは、人の不安を大いに静まらせるものである。

栄三郎は誰よりも師の存在に後押しを受けて頭も冴《さ》え渡り、

「いかさまには、いかさまで仕返しをしてやろうではないか」

そう言うと、きょとんとして首を傾げるお里と桂次郎を見てニヤリと笑った。

五

「何だと……？　〝法念堂〟のお里がおぬしを訪ねてそのような……」

「はい、驚いてしまいました」

「それで源蔵、その勝負、受けるつもりか」

「受けぬ手はござりますまい」

「大丈夫か」

「まあ、今のわたしなら負けることはございませんが、念には念を入れて、またあの時のように……」

「今度は香介なる男に代わりをさせると申すのか」

「こんなこともあろうかと、日頃から飼っておりますのでねえ……」

「場所はあの日と同じ……」

「はい。もうこの離れ座敷は押さえておきました」

「亭主が首を吊るきっかけになった忌《い》まわしい所に、よく来ると申したな」

「そこで勝負をしてこそ意味があるのだと言ってやりましたら、納得を致しましてございます」

「う〜む……。だが、女とはよくわからぬものよのう」

「自棄《やけ》になって、もうどうでもよくなったのでございましょう」

「棋譜の読みあげはどうする」

「それはわたしが何とでも致します。今では将棋の腕もすっかりと身につけましたれば……」

「う〜む、源蔵、うまくやりよって……」

〝法念堂〟の女主・お里が、毎月支払う三十両を本所一ツ目通りにある旗本・宅間登志郎の屋敷へ持参してから数日後のことであった。

黒子屋源蔵は日の暮れとなって、回向院《えこういん》前の料理茶屋〝ぎんすい〟に宅間を誘った。

この料理屋の離れ座敷こそ、三年前、源蔵が宅間に立会人として棋譜を読みあげてもらい、〝法念堂〟の主・和助にいかさまの対局を仕掛けた場であった。

この日、源蔵は宅間に報《しら》せたくて堪らぬことがあった。

というのも、どういう風の吹き回しか、朝から尾上《おのえ》町の源蔵の家にお里が訪ねてきて、源蔵に将棋での勝負を申しこんできたのである。

この日のお里は随分と窶《やつ》れていて、物言いも万事投げやりな様子であった。

無理もなかろう——。

三年の間孤閨《こけい》に暮らし、月々の支払いに追われ、女のか細い身で老舗の仏具屋を支えてきたのである。

そこにあれこれ百戦錬磨、渡世《とせい》を生きてきた自分が揺さぶりをかけてきたのだ。

何もかもが嫌になって、音《ね》をあげたとしてもおかしくはなかった。

源蔵の睨《にら》んだ通り、

「黒子屋さん、わたしは何やら、もうすっかりと疲れてしまいました……」

お里は開口一番そう言うと、大きな溜息《ためいき》をついたものだ。

これまで気丈に振る舞ってきたお里のぐにゃりとした息遣いは、お里の女の生身の部分を覗《のぞ》かせたようで、源蔵の目に何とも艶《なまめ》かしく映《うつ》った。

それが源蔵の男の欲情をかきたてた。

「そうでしょうよ……」

源蔵は舌なめずりをするようにして、持てる限りの笑みを顔に浮かべ、

「ですから、この前から申し上げておりますように、わたしの意に添うて下さるなら、もう月々の三十両の方は帳消しにさせて頂きます上に、あれこれと御相談にも乗りましょう……」

「わかっております。わたしとて馬鹿ではありません。そうすればどれだけこの身が楽になり、店の方とて助かることか……」

「わかっているならお里さん、万事わたしに身を預けて下さいまし。悪いように

は致しませんよ」

「ですが考えてもみて下さい。わたしも長く続いた〝法念堂〟の娘でございます。夫の仇《あだ》ともいえます黒子屋さんに身を任せたとあっては、この身の意地が立ちません」

「それもわかります。ようくわかります。和助さんのことを思いますと、わたしの意のままになってくれとは言えたものではないことも……。だが恥ずかしながら、わたしはこの三年の間、お里さんを見ておりますと何やら放っておけませんで、ますますその……、心が惹《ひ》かれてしまいまして……」

ここを先途《せんど》と口説きにかかった。

お里はしばし俯《うつむ》きながら黙りこくった。

黒子屋と看板をあげているが、渡世を生きる身に重しは要《い》らないと間口二間《けん》（約三・六メートル）の小さな仕舞屋《しもたや》に独り住む身の源蔵である。今すぐにでも押し倒して思いをとげてしまいたいという欲望を抑えて、お里さえその気になってくれるなら、五年間三十両を毎月支払うと約した証文はいつでも破り捨てる、世間を憚《はばか》ってそっと逢《あ》えるよう段取るつもりだなどと、源蔵はその間も甘い言葉をかけ続けた。

「わかりました……」

やがてお里はまたも溜息交じりの言葉を発したが、源蔵にはその返事は自棄に
なりつつも承知の意思表示に思えた。

「わかって下さいましたか……！」

「黒子屋さんの想いはよくわかりました」

「これはありがたい」

「でも、わたしの意地も立てとうございます」

「お里さん……。もうよいではありませんか」

「いえ、気が済まぬまま黒子屋さんの世話になりとうはございません。わたしと
勝負をして下さいまし」

「勝負……？」

源蔵は怪訝《けげん》な表情となり、乗り出した膝《ひざ》を元に戻した。

「はい、将棋の勝負でございます……。死んだ和助への想いをこめて、せめて黒
子屋さんと勝負しとうございます」

「将棋の勝負をねえ……」

源蔵の顔が綻《ほころ》んだ。

「この黒子屋源蔵が勝てば、わたしの意のままに……」

「はい……。それが信じられないと仰るなら、負けた時は月五十両支払うと一筆いれましょう」

「ほう、それはまた念の入ったことで……。では、お里さんが勝てば……」

「証文をその場で燃やして頂きとうございます……」

「そうして、わたしとはその場で縁を切りたいと」

「さて、それは黒子屋さん次第ではありませんか」

「ふッ、ふッ、ふッ……。なるほどよくわかりました。その勝負、お受け致しましょう」

　こうして源蔵はお里の挑戦を受けたのであった。

　対局は三日後の正午。

　互いに一人、立会人を連れてくること。

　勝負の場は、三年前、源蔵と和助が対局したのと同じ、回向院前の料理茶屋〝ぎんすい〟の離れ座敷。

「その日をもって、何もかもけりをつけとうございます……」

　お里は捨鉢《すてばち》な様子で言ったそうな。

「それで、おれはお前の立会人になればよいのだな」

話を聞いて、宅間登志郎は黒子屋源蔵に問うた。

「はい、宅間様がついていて下されば、手前も安心でござりまする」

「だが源蔵、一時の欲に目が眩《くら》み、勝負の行方を見誤ってはおらぬであろうな。

存外に、お里は将棋の腕が立つのではないか」

「心配ございません。和助が生きている頃はまるで将棋など指したこともない女にございます」

和助の死後、夫が遺した棋譜を見ながら独り寝の夜の無聊《ぶりよう》を慰《なぐさ》めてきたようだが、そのくらいなら自分と変わらない。己《おの》が実力で勝つことができるくらいだと、源蔵は胸を張った。

「とは申しましても、念には念を入れて……」

源蔵がほくそ笑んだ時であった。

「香介でございます……」

離れ座敷を一人の将棋指しが訪ねてきた――。

約定通り、黒子屋源蔵と〝法念堂〟のお里は三日の後、同じ場で対局した。

この日も晴れた。

源蔵にとっては何事もおあつらえ向きであった。

今日の対局も三年前と同じ、あのいかさまで乗り切るつもりの源蔵である。

隣室には屏風《びょうぶ》の陰に将棋指しの香介が潜んでいる。そして庭には折助の権六が植込みと石灯籠《いしどうろう》の陰に潜んでいた。

待ち合わせの場にいち早く現れた源蔵は初めから庭が見える所に陣取っていて、その左手に立会人の席が二つ用意されている。そして、立会人の席からは庭に潜む権六の姿は死角になっていて見えなかった。

約定の刻限となって、お里が立会人を伴ってやって来た。

「永井勘解由様の御屋敷にて剣術指南を務めておりまする、岸裏伝兵衛と申しまする……」

お里の立会人は伝兵衛が務めた。

亡き〝法念堂〟の先代とは懇意《こんい》にしていたのだが、ここ数年は旅に出ていたと、伝兵衛は黒子屋源蔵と宅間登志郎に名乗った。

今では永井家剣術指南は、弟子の松田新兵衛と秋月栄三郎が務めているものの、依然、その師である岸裏伝兵衛の名は永井家において指南役として残っている。

「おお、これは永井様の……」

宅間に動揺が浮かんだ。

〝法念堂〟は紀州家に出入りはしているものの、紀州家を慮って他の武家には出入りをしていないと聞いていた。

紀州家拝領の香炉を将棋の勝負に軽々しく賭けたことがわかれば大変なことになるゆえに、まさかこの場に立会人として武士が来るなどと思ってもみなかったのである。

しかも、永井勘解由といえば三千石の大身《たいしん》で、かつて幕府の要職を務めた旗本である。百俵取りの最底辺の旗本・宅間登志郎には随分と気後《きおく》れがする。そこの剣術指南となれば、何かの折に腕ずくで事を運ぶわけにもいかない。

悪党ぶってはいても、宅間とて禄《ろく》取り――相手次第で威勢は急にしぼみゆく。

その様子を見てとった源蔵は、内心で宅間の弱さを詰《なじ》ったが、見れば岸裏伝兵衛なる剣客は脇差《わきざし》一振りを腰に帯びただけで、なかなかに穏やかな風貌《ふうぼう》である。

――こっちがきれいに勝てばいいことだ。

そう肚《はら》を据《す》えて、

「お里さん、これはあなたとのお近付きの印《しるし》にする勝負です。どちらに転んだとてお里さんに損はない。まあ、じっくり将棋を楽しむと致しましょう」

にこやかに対局の場にお里を請《しょう》じ入れた。

「元よりそのつもりで参っております……」

お里は先日源蔵を訪ねた折に見せた、どこか投げやりで気だるい様子そのままに席へと着いた。

それは、黒子屋源蔵になびくことの自分への言い訳として、和助の仇討ちに挑んだかのように将棋の勝負に出た――複雑な女心であると、源蔵に思わせたものだ。

だが、これこそがお里がうった乾坤一擲《けんこんいってき》の大芝居であったことを、今の源蔵は知る由《よし》もない。

岸裏伝兵衛は立会人の席へと着いた。

「いざ……」

源蔵は駒を手に取った。源蔵の先手はすでに取り決められていた。

「まずは……、七六歩と参りましょうか」

今日の勝負に棋譜の読みあげはない。このように源蔵が言葉に発することになっていた。

「では、わたしは、三四歩と参りましょう」

お里ははっきりとした声で返した。

源蔵は、自分が言うまでもなく言ってくれたと笑みを浮かべた。

——三四歩。

隣室に潜む香介は、対する一手を〝七五歩〟と紙に大書し、屏風の陰から出て、開け放たれてある庭への障子戸《しょうじど》の向こうへ掲げた。

これを庭に潜む折助の権六が見て、その場で紙に書き、源蔵だけが見える灯籠の上の位置へと掲げる。

「ならば七五歩と……」

源蔵は香介の指示するがままに駒を進める。

「では、八四歩と……」

お里は少し考えると、迷わずに次の一手を打った。

かくして勝負は続いたが、十手くらいで源蔵の表情に動揺が浮かんだ。

隣室の香介の指示の間が延びてきたのである。源蔵の打つ手に応じるお里は、亡夫・和助に倣《なら》い、この三年の間慰みに将棋を指してきたとは思えない凄みがある。

源蔵とて、近頃は将棋の腕をめきめきと上げてきているだけに、それがわかるのだ。

——こいつはおれだけで勝負していたら負けているところだ。

源蔵は内心焦った。

——まさか、お里がいかさまを仕掛けているのでは。

だが、離れ座敷はお里が来るまでの間、何の異変もなかった。お里から見えるものは、源蔵の背後の床の間と違い棚、小窓から見える外の景色だけである。

源蔵は小窓が開いていることが気になったが、勝負が始まれば公正を期して、一度たりともその場を動かぬようにと、立会人共々に誓っている。今さら閉めることはできなかった。

外には隣《となり》の料理屋の二階部分が遠く覗いている。手摺《てすり》の向こう、開け放たれた障子窓越しにゆったりと酒を酌《く》み交わす数人の客の姿は見えるが、遥か遠く離れているゆえに、その姿ははっきりとしない。ということは、その客からはこちらで将棋を指している様子は見えるであろうが、疑ってみたところでその駒の動きなど元よりわかるはずはなかった。

「今度は六四銀ときましたか……」

先ほどとは一変して、無言で駒を動かしてきたお里に、少し面喰らいつつ、源蔵は相手の手を読みあげた。

——できる。しかも相当に。

源蔵の戸惑《とまど》い以上に、隣室の香介の額からはどっと汗が噴《ふ》き出した。

これは素人相手の対局ではない——そのことに気付き始めたのだ。

——この勝負、前にもしたような気がする。

香介の頭の中に、伊豆の山中で崖から落ちて死んだと聞かされた、桂次郎の姿が浮かんだ。

あの折は茶に痺《しび》れ薬を混ぜて何とか勝ったが、まともに勝負をしていたら負けていたであろう。

香介はお里の打つ手に、次第に心が乱れてきた。

〝七七馬〟と香介は大書した。

香介の指示通り、源蔵が駒を動かす。それをお里は見つめると、考える振りをして小窓の向こうを眺める。

隣の料理屋の二階座敷には五人の男がいて酒を酌み交わしていたが、よくよく見るとその動きはどうもぎこちなかった。

五人の男とは――秋月栄三郎、松田新兵衛、又平、将棋指しの桂次郎、そして、かつて又平が見世物小屋で軽業師として出ていた頃の仲間で、今でも浅草奥《おく》山《やま》で人気をとる、千里眼《せんりがん》の目太郎《もくたろう》であった。

この目太郎――歳は又平と同年で、十間（約十八メートル）以上離れた所から将棋の駒を目視して、見分けることができる特殊な能力を持っていた。

栄三郎は又平と共に、桂次郎から聞いた離れ座敷の様子を前もって念入りに調べ、お里の視界に入るであろうこの料理屋の二階を借り切って、ここへ目太郎を迎えた。

又平からいかさま将棋の鼻を明かしてやるのだと聞いて、

「そいつはおもしろそうだ！」

元より義侠心《ぎきょうしん》に厚い目太郎であった。二つ返事で引き受けてくれたのである。

この目太郎が盤の動きを見て、一人障子の陰にいる桂次郎に報せ、桂次郎が次の一手の答えを出す。

これを、栄三郎、新兵衛、又平、目太郎の四人が予《あらかじ》め考えた合図によって報せるのである。

一人が箸《はし》を持てば〝一〟、二人なら〝二〟、三人なら〝三〟、四人が持てば〝四〟となる。同じ要領で一人が煙管を掲げれば〝五〟、四人が掲げれば〝八〟、盃《さかずき》を干せば〝九〟である。

扇《おうぎ》で煽《あお》げば次の項目へ——駒は、一人が顔を手拭《てぬぐ》いで押さえれば〝歩〟、二人なら〝香車〟、三人なら〝桂馬〟、四人なら〝銀〟、一人が小鉢を掲げれば〝金〟、二人なら〝飛車〟、三人なら〝角〟、四人なら〝王将〟である。さらに〝成《なり》〟は大徳利を掲げることにした。

つまり、二人が箸を持つ——扇で煽ぐ——もう一度、二人が箸を持つ——扇で煽ぐ——三人が小鉢を掲げる——さらに大徳利を掲げる。

これは、〝二二角成〟となる。

まったく滑稽《こっけい》な話だが、この二階座敷にいる五人と共に、お里はこの合図を徹底的に頭に叩《たた》きこみ、昨日はこの離れと隣の二階座敷を借りて予行演習までもしていた。

勝負は隣室の屏風の陰に潜む香介と、隣の料理屋の二階座敷に潜む桂次郎との戦いとなった。

——何としてでもあの日の無念を晴らしてやる。

そして、桂次郎には、香介に勝つ自信があった。

香介は粘ったが次第に追い詰められていった。

源蔵の顔はみるみる青ざめていく。

二刻（約四時間）ばかりの後――。

「王手……」

お里の静かな声が離れ座敷に響き渡った。

「何と……」

源蔵は信じられないといった表情を浮かべ、ポツリと投了を告げた。

お里は大きく息を吐いた。

苦虫《にがむし》を噛み潰したかのような宅間登志郎の隣で、岸裏伝兵衛は満面の笑みを浮かべてちらりと隣の料理屋の二階を見た。

そこでは五人の男達が、今まさに祝杯をあげているところであった。

「源蔵さん、御約束のものを頂きましょうか……」

お里は真《ま》っ直《す》ぐに源蔵を見た。

その言葉の張り、立居振舞いは先日見せた投げやりでどこか艶かしいものではなく、いつものしっかりとした〝法念堂〟の女主に戻っていた。

「これで死んだ和助の弔《とむら》いができました。さあ、頂きましょう」

「はッ、はッ、いやいや、見事な腕前だ……。お里さん、あなたもお人が悪い。それほどまでに将棋が御上手なのに、どうして今まで隠していたのです……」

源蔵は何とか落ち着いて、次の一手を頭に思い浮かべようとしたが、

「まず頂きましょう……」

お里は取りつく島もなかった。

「わかっております。わたしも男だ。約束は守りますよ……」

源蔵はお里に一杯食わされたことを悟った。ちょっとした悪党を気取っていただけに、一時のお里の色香に迷い、後先を考えずにこのような勝負を受けた己《おの》が甘さを悔やんだが、立会人は永井家剣術指南役である。揉《も》め事《ごと》は避けねばならなかった。

「これはきれいにお渡し致しましょう……」

表面上はさばさばとした風を装《よそお》い、向こう五年間に亘《わた》って月三十両、計千八百両を支払う旨の覚書と、千八百両の受け取り証文を封書にしてお里に手渡した。

お里はさっと一読すると、覚書をその場で煙草盆《たばこぼん》の火で燃やし、受け取り証文を懐にしっかりと収めた。

——和助殿、これで少しは無念も晴れましたかねえ。

心の内で語りかけると、死んだ亭主の笑い顔が、炎の向こうに浮かんで消えた。

六

かくして、秋月栄三郎の一計で、ひとまず〝法念堂〟は月々の支払いから逃れることができた。

将棋指し・桂次郎は、因縁の相手・香介との勝負を制し、自分を利用し殺そうとした源蔵の鼻を明かすことができた。

しかし——。

悪党共が黙って引き下がるとは思えなかった。本当の勝負はこれからだと栄三郎は考えていた。

もしもあの勝負で桂次郎が香介に負けた時に打つ手と共に、栄三郎は師である岸裏伝兵衛と知恵を摺《す》り合わせていたのだが、この先のことについてはなかなかに好い策が見つからなかった。

その悪い予想通り、勝負が行われた日の夜。

旗本・宅間登志郎の屋敷に黒子屋源蔵の姿があった。

源蔵と密談する宅間の傍《そば》には折助の権六が控えている。

「ふん、源蔵、むやみやたらと欲をかくゆえに斯様《かよう》なことになるのじゃ」

「まさか、お里があそこまで将棋を指せるとは思いもよらずに……」

「これで縁を切るつもりか」

「まさか……。証文のやり取りは終わっても、この源蔵と宅間様は、〝法念堂〟の主であった和助が、畏れ多くも紀州様御拝領の香炉を賭け将棋に持ち出して、一旦は取られちまったってことを知っているのですからねえ」

「ああ、知っている」

「おいそれとは引き下がりませんよう」

「どこまでも付きまとって、あれこれ強請《ゆす》ってやるか」

「今宵《こよい》はその御相談にあがったのでございます」

「ふッ、高くつくぞ……」

「はい。それはもう……」

金貸しと不良旗本は、どこまでも持ちつ持たれついくようだ。

「あの香介の野郎はどうします……」

書院の隅《すみ》から凶悪な折助の権六が口を挟んだ。

素人の後家に負けてしまった将棋指しの香介は、あれから不甲斐《ふがい》のない奴だと権六に殴《なぐ》られ蹴《け》られ散々な目に遭い、この屋敷の長屋の一室に放りこまれていた。

「いっそ始末してしまいましょうか。あの桂次郎って野郎の口を封じた時のように……」

「いや、殺そうと思えばいつでも殺せる。まずは〝法念堂〟をどうしてやるかを考えることだ……」

宅間が煙草の煙を吐きながら言った。

「へい。どうせ二、三日は足腰がたたねえようにしておりやす」

権六はそれきり口を噤《つぐ》んだ。

この凶悪な折助は、人を殺す話になると己が出番としゃしゃり出てくるようだ。

結局、〝法念堂〟をいかに強請るかという話は三日の後、互いに持ち寄ることとなり、この日、源蔵は家へと戻った。

だが、悪人共はこの話の一部始終を、書院の庇《ひさし》屋根の上に潜む植木職人風の男に聞かれていることにまったく気付いていなかった。

植木職人風の男は、秋月栄三郎の意を受けて屋敷へ忍びこんだ又平である。

思わぬ将棋の敗戦に動顚《どうてん》する源蔵が、宅間登志郎と密談に及ぶということは想像に難《かた》くなかった。

――どこまでも食いついてきやがって、蛭《ひる》みてえな野郎だ。

屋根の上で又平は舌打ちした。

それに、やはり三年前、伊豆の山中で桂次郎を襲ったのは権六であったのだ。

――そんなら今度は、おれ達がお前らに食いついてやる。

〝法念堂〟のお里に、いかさまにはいかさまでやり返そうと提案したのは取次屋栄三である。勝負に勝った後、〝法念堂〟に難儀がかかることがあってはならなかった。

又平はすぐにこれを報さんと、大屋根を駆け抜けて、たちまちその姿を夜の静寂《しじま》に消していった。

さて、その翌朝のことである。

黒子屋源蔵は、思わぬ男の来訪を受けて腰を抜かさんばかりに驚いた。

そのはずである。

「旦那、お久しゅうございます……」

出入りの戸の隙間《すきま》から家の内を覗いたのは、死んだとばかり思っていた将棋指しの桂次郎であったのだ。

「お、お前さんは……」

源蔵は幽霊など信じないが、それだけに、生身の桂次郎を三年ぶりに目にしてしどろもどろになった。

もちろん桂次郎にしてみれば、これは秋月栄三郎の知恵あってのこと。

——この馬鹿野郎がびっくりしてやがらあ。

内心でほくそ笑みながら、

「いや、旦那には何とお詫《わ》びをしてよいやら……」

「わたしに詫びを……」

「せっかく用意して頂きました下田の隠れ家に行かなかったのはその……。道中追剝に遭って、谷底に転げ落ちたからなのでございます」

「ほう、追剝にねえ……。で、お前さんは襲った相手の顔は見なかったのかい」

「へい、何しろいきなり刃物で背中を斬りつけられて、気がおかしくなっちめえやしてね……」

桂次郎は谷底に転げ落ちたが、たまさか通りかかった旅芸人の一座に助けられ何とか一命をとりとめ、一座について旅をしたので下田へは寄ることができなかった。そして、ほとぼりを冷ますべき自分が文《ふみ》を送るのも気が引けて、今になってしまったのだと説明した。

「ほう……。そんなことがあったのか」

源蔵は内心胸を撫《な》でおろした。

「それで、そのことを詫びに来てくれたのかい。お前さんも律儀《りちぎ》だねえ」

「いえ、それだけじゃあねえですよ」

「ではまた、金を借りに来たと……」

「へい、返さずとも好い金をね」

「どういうことだい」

「旦那、あれから随分と〝法念堂〟から金を引っ張ったそうじゃねえですかい。あの勝負に勝ったのはこの桂次郎ですぜ。少しくれえあっしに回してくれたっていいじゃあありませんか」

ほっとしたのも束の間《つかま》――源蔵は桂次郎が自分を強請りに来たことを悟った。所詮は賭け将棋に暮らすやくざ者である。どこかで金に詰まってやって来たのであろう。苦々《にがにが》しくはあったが、

「わかっているよ。ほとぼりが冷めたその時は、お前さんにもいい目を見せてやろうと思っていたのさ」

源蔵は体裁《ていさい》を取り繕《つくろ》って、まずは桂次郎を安心させようとした。

――この野郎、いけしゃあしゃあと吐《ぬ》かしやがって、手前《てめえ》があの折助を使っておれを殺そうとしたのはわかっているんだぜ。

桂次郎もこの言葉を呑みこんで、

「本当でございますかい。やっぱり黒子屋の旦那は話がわかるお人だなあ……」

と喜んでみせた。

「とにかく今からちょいと用があるので、今宵ゆっくりとその話をしようじゃないか」

これに源蔵も笑顔で応えた。

それから小半刻（約三十分）ほどしてから、桂次郎は源蔵の家を出た。

これを表の通りで見守っていた編笠《あみがさ》姿の松田新兵衛が警護して、己が浪宅まで

連れ帰った。

源蔵はそっと桂次郎の後をつけようとして出てきたが、そこへおかしな浪人者が、

「おぬしが黒子屋か。おぬしに金を用立ててもらうにはどうすればよい……」

などといきなり声をかけてきたものだから、すっかりと桂次郎を見失ってしまった。

浪人者は秋月栄三郎である。こうして昨夜又平が仕入れてきた悪党共の正体を見てとり先手を打ったのであった。

黒子屋源蔵は桂次郎を見失い、最後の勝負はその夜へと持ち越されたのである。

桂次郎が源蔵に呼び出されたのは、本所竪川《たて》に架かる新辻橋《しんつじ》の袂《たもと》であった。

この北詰に小体《こてい》な甘酒屋があり、そこで落ち合ってから近くの田中稲荷《たなかいなり》社裏にある料理屋で、この三年の間の積もる話をしようというのだ。

「そこはこのところよく使っている〝かわすみ〟という店でね。風情があって静かで、ちょっとした内緒話をするのにはうってつけなんだよ……」

源蔵に言われた通り、夕方の七ツ半刻（午後五時頃）――桂次郎は新辻橋北詰の甘酒屋へと出向いた。

「おお、よく来たね……」

源蔵は満面に笑みを浮かべて桂次郎を迎えると、日も暮れてきたのですぐに一杯やろうじゃないか――そう言って〝かわすみ〟へ桂次郎を誘った。

田中稲荷社の裏手は田が広がっている。

店へ行くのには曲がりくねった路地を通り抜ける道筋もあるが、広い道から畦《あぜ》道《みち》へ出て、そこから入る方がわかりやすい。

だが、畦道は夜ともなると人通りはなく寂しい。

「何やら気持ちが悪い所ですがね、あの杉の並木道を抜けるとすぐに着くんだよ……」

源蔵は早く行こうと小走りとなった。

その杉の並木道に差しかかった所《そこ》が次の一手である。

木陰には、三年前、桂次郎を殺し損なったことを知り、面目を失った権六が懐に匕首《あいくち》を忍ばせ待ち構えていた。

「念には念を入れてやろう……」

さらに宅間登志郎が権六を指示し、挟み討ちにして確実に息の根を止めるべく、自らここへ出張ってきていた。

黒子屋源蔵とは持ちつ持たれつやってきた宅間である。

友情というほどのものは持ち合わせてはいないが、大事な金蔓《かねづる》を脅《おびや》かす者は、とにかく抹殺せねばなるまい。

「権六、今度しくじりやがったら、お前の命がないと思え……」

「今度はしっかりと息の根を止めてやりますでございます……」

杉の木陰では悪事ひとつで繋がった主従が、暗闇に覆《おお》われた畦の一隅で声を潜めていた。

「来たぞ……。ぬかるな……」

曲がり道から源蔵の笑い声が聞こえてきた。

二つの提灯《ちょうちん》がぼんやりと闇に浮かんだかと思うと、ゆらゆらと近づいてくる。

「帰りは雨が降らねばよいが……」

この源蔵の言葉が合図であった。

「よし！」

杉並木の陰から宅間と権六が、それぞれ白刃《はくじん》を煌《きら》めかせ殺到した。

しかし、この動きをすべてお見通しであったがごとく、桂次郎はいち早くその場を駆け出した。

「ま、待ちやがれ……」

いざとなれば自らも殺しを手伝うつもりの源蔵は、懐に入れてあった一尺（約三十センチ）ばかりの鉄製の喧嘩煙管を手に、彼もまた桂次郎の後を追いかけた。

夜の闇は深く、人けはまるでなかった。

桂次郎が逃げた所は行き止まりの藪《やぶ》の中――。

「王手だ……」

ニヤリと笑う源蔵の両脇には、抜き身を引っ提《さ》げた宅間と匕首をかざした権六がいて、ジリジリと桂次郎に歩み寄った。

その時である――。

「いや、もうすでに詰んでいる……」

藪の向こうから声がしたかと思うと、突如として黒い影がとび出してきて、

「桂次郎、目を瞑《つむ》れ！」

と発した。

宅間は黒い影に一刀をくれたが、たちまちはね返され、次の瞬間、源蔵、権六と共に血しぶきをあげてその場に倒れた。

「な、何奴……！」

「桂次郎、もうよい、目を開けろ……」

桂次郎が恐る恐る目を開けると、源蔵が落とした提灯が燃えて、藪の中をボーッと照らしていた。

そこには息絶えた三人の悪人の骸《むくろ》が横たわっていて、桂次郎に頰笑む岸裏伝兵衛のいかにも頑丈そうな姿があった。

「先生……」

「こ奴らは天から降りてきた鬼神の天罰を受けたのだ」

「へい……。まさしく鬼神の仕業《しわざ》で……」

「怖かったか」

「先生がついていて下さると思いながらも、随分と恐ろしゅうございました」

「ならば少しは生き方に気をつけろ。まともな将棋指しにならなんだゆえに、下らぬことに巻きこまれたのだ」

「へい……。そのお言葉が胸にしみます……」

「ならばこんな所に長居は無用だ。とっとと参ろう。雨が降ってきた……」

二人の姿はすぐに夜の闇へと呑みこまれていった。そして堪《こら》えに堪えた梅雨空が、ついにこの夜から泣き始め、その足跡をきれいに血と共に洗い流してくれたのである。

七

今年の梅雨は短かった。

降り出すや猛烈な勢いで天の水を叩きつけたが、その分明けるのも早かったようだ。

本所田中稲荷社裏で倒れていた金貸し・黒子屋源蔵、旗本・宅間登志郎、その中間・権六がなぜ斬り死にしていたかの取り調べも、雨が続けば聞きこみなど面倒になったのであろうか、奉行所では仲間割れで死んだと片付けられた。

元より、死んだ三人が性質《たち》の悪い旗本に金貸しである。

連中に弱みを握られていて脅かされている者などは、一様に喜んでいることや知れん。かえって連中が斬殺されて手間が省《はぶ》けたというところなのである。

宅間屋敷の長屋の一室に傷だらけで身動きもできずに軟禁されていた将棋指し・香介は、当主の死を報された老僕に助けられて、足を引きずりながら逃げるように旅に出たという。

秋月栄三郎は、今度の結着をどうつけるのか随分と悩んだ。あの蛭共は和助の人の好さにつけこみ〝法念堂〟と自分達の間に秘事を作り、この後、後家のお里をどこまでも強請り続けるつもりなのだ。これを断ち切るには何とすればよいか――。

「栄三郎、これから先はおれ一人で片を付ける……」

そんな栄三郎に、もはや手出しは無用と岸裏伝兵衛が言った。

そもそも桂次郎の世話を焼いたのは自分である。この先は思うようにさせてくれと、伝兵衛は天から舞い降りた〝鬼神〟を演じ、悪党三人の口を永遠に封じたのであった。

後で話を伺《うかが》うに、斬られた三人は見事に急所に一太刀《ひとたち》ずつ浴びて即死したという。

その伝兵衛の熟達した腕のほどに、栄三郎、新兵衛は深く感じ入り、師の強さが誇らしく、身が震えたものだ。

亡夫の敵《かたき》を将棋のいかさまでやり返したお里は、その直後に悪党三人が斬殺されたことを知り、さすがに不安になったか、栄三郎の手習い道場を訪ねてきた。

まさか栄三郎達が、後始末までしてくれたのではないかと気になったのだ。

勢いに任せて秋月栄三郎の策に乗ったが、思えば付き合いのない者のことである。一つの秘事を種に強請られ続けたお里には、殺してやりたい相手が死んだとて、また新たな秘事で悪い縁と繋がるのではないか――そう思うのも仕方のないことであった。

しかし、手習い道場で子供達と向き合う栄三郎に、

「仲間割れで殺されたようですよ。わたしには、天罰を受けたとしか思えませんがね……」

にこりと頰笑まれれば、すべての心の靄《もや》は晴れた。

そして、よく晴れたこの日――。

秋月栄三郎は、剣の師・岸裏伝兵衛と共に、旅に出る桂次郎を日本橋の袂まで見送った。

見送りには松田新兵衛、又平、今度のことですっかり桂次郎と仲良くなった千里眼の目太郎も加わった。

「何と御礼を申し上げてよいか……」

桂次郎は深々と頭を下げて一同に礼を述べた。

「泣くなよ。涙はこの先の試練を越えた時に流すがよい」

伝兵衛は別れの挨拶《あいさつ》が長いと未練が残ると、桂次郎を追いたてた。

「必ず試練は越えて見せますでございます。先生もお達者で……」

桂次郎は涙を堪えてじっと伝兵衛を見た。

「おれのことは心配いらぬよ。この幾日の間でわかったであろうが、おれには息子より頼りになる弟子がいる。己が道を励めばこういう宝を思いもかけず手にするものだ……」

伝兵衛は桂次郎の肩を叩いた。

栄三郎と新兵衛の方が、師の言葉に泣けてきた。

「さあ行け……」

伝兵衛はそのまま桂次郎を橋の方へと向かせ、軽く押した。

「振り向くな、行け……」

「へい！」

そのまま桂次郎は歩き出した。

彼はこれから羽州天童《うしゅうてんどう》へ行くのだ。そこには伝兵衛が旅先で知り合った将棋駒作りの職人がいる。

天童で将棋駒が盛んに作られるのは後年のことであるが、もう文化《ぶんか》の世には将棋駒作りは伝わっていたそうな。

「将棋駒作りの職人の下で働くか……。よく決心をしましたねえ……」

見送りつつ、栄三郎が言った。

「おれが得心させたのだよ」

「岸裏先生が……」

「おかしいか」

「いえ、先生なら、これからはまともな将棋指しを目指して精進しろ……。そう仰るのではないかと思いまして」

「見込みのない者が一芸を続けることは難しい。思い切るもまた生きる極意じゃよ」

「わたしの見るところ、香介に楽に勝った桂次郎には将棋指しとしての才は充分に備わっていたと……」

「ただ勝負に強いからと申して、将棋の才があるとは言えぬ。剣の道もまた同じだ。大事なのは〝想い〟だ」

「〝想い〟……」

「あの桂次郎には将棋への〝想い〟が少なかったのだ。少ないゆえに道を誤る」

「なるほど……」

「芸にこの身を委《ゆだ》ねるならば、気がふれるくらいまで想いをかけてこそのもの……。つまり桂次郎は、それほど将棋を好きではなかったといえる。それゆえおれは見込みがないと見た。だが人は生きていかねばならぬ」

「だから天童で将棋の駒を作ってみてはどうかと、お勧めになったのですね」

「あやつから将棋をみな奪うこともなるまい……」

「はい……。〝想い〟か……」

伝兵衛と栄三郎の会話に、新兵衛は神妙に感じ入った。師はいつまでも弟子に問いを与える——。

夏の日射しが眩《まぶ》しく道に照りつけて、橋を渡りゆく桂次郎の姿を美しいものにした。

「振り向くなと申したのに……」

伝兵衛がふっと笑った。

遠くその表情まではわからぬが、桂次郎が橋の上で振り返ってまた深々とお辞儀した。

「おまけに、泣くなと先生に言われたのに、目からぽろぽろ涙をこぼしていますよ……」

栄三郎の後ろで、千里眼の目太郎が素《す》っ頓狂《とんきょう》な声をあげた。

第三話

男と女

一

「おい駒《こま》よ、やっぱりこの暑い最中《さなか》に富士詣《もうで》というのも辛《つれ》えもんだな……」

「何言ってやがんでえ、富士のお山を登るわけじゃあなし、ちょいと浅草へ足を延ばしたくれえでへこたれてどうするんだよう。軽業《かるわざ》の又平もやきが回りやがったか……」

「足腰が辛えってんじゃねえや。どうもおれはこの、人にあたるんだよう」

六月一日は富士の山開きである。

富士信仰が盛んな江戸の庶民は、講を作り、登山に向かう者も多かったが、おいそれと何日もかけて旅に出られないというのが大半で、ここ浅草の浅間《せんげん》神社には参拝する人の列が絶え間なく出来ていた。

又平と駒吉もまた、その人波の中にいた。そういえばこのところ富士権現《ごんげん》を参っていなかったと思いたち、秋月栄三郎を誘ったものの、

「おれは人の波にもまれてまで御利益《ごりやく》などほしくはねえよ……」

などという真《まこと》に味気ない応《こた》えが返ってきたので、どうしようかとためらった

が、思い立った信心《しんじん》を取り止《や》めるのも後生《ごしょう》が悪い。

「二人で行ってくりゃあいいさ……」

すると一分《ぶ》ばかり栄三郎がくれたので、浮かれて京橋からやって来たというわけだ。

しかし今日は朝からかんかん照りで風も吹かず、芋《いも》を洗うような人出に、

「さすがは栄三の旦那《だんな》は読みが深《ふけ》えや……」

又平は弱音《よわね》を吐き始めているのだ。

それでも、こうして軽口を叩《たた》きながら二人して歩けば真に楽しい——。又平と駒吉は共に捨子であったのを軽業一座の親方に拾われ、兄弟のように育った仲である。

親方の死後、又平は植木職の、駒吉は瓦《かわら》職の小僧となったが、互いにそこで〝軽業芸人〟と苛《いじ》められて飛び出し、一時は二人で渡り中間《ちゆうげん》をしたこともある。

その頃は、二人共に若気《わかげ》の至りで博奕《ばくち》に浸《ひた》り、悪所通いもしたものだ。そして若気の至りをこじらせて、駒吉は深川《ふかがわ》の〝うしお一家〟という悪党一味に身を寄せてしまったこともあった。

しかし、秋月栄三郎という好男子と出会い、〝取次屋〟に生きる道筋を見出《みいだ》し

た又平の手助けによって、駒吉もまた生まれ変わった。

長い歳月に二人の間に起こった紆余曲折《うよきょくせつ》は、かえって又平と駒吉の絆《きずな》を深め、とにかく今は二人でこうやって町をうろうろすることが楽しくて仕方がないのだ。

「確かに栄三の旦那は読みが深え《ふけ》……。といってせっかく浅草くんだりへ出たんだ。さっさと富士の権現様を参って、久しぶりに奥山へ繰《く》り出そうじゃねえか」

改心して、うしお一家壊滅に一役買ったことで罪を減じられ、一年間の江戸十里四方追放の刑に服した後、〝手習い道場〟裏手の〝善兵衛長屋〟の住人となって一年足らず――駒吉は今が人生で一番幸せらしく、話す声はいつも弾《はず》んでいる。

「奥山か……。そうだな、この前は千里眼の目太郎に世話になった。覗《のぞ》いてやるか……」

話はまとまり、二人は人込みをかき分けてまず富士詣を済ませると、浅草寺《せんそうじ》裏の盛り場、通称・奥山へと足を運んだ。

「駒、こうやってお前と二人、この辺りをあれこれ冷やかしながらぶらぶらとするなんざ、がきの頃には考えられなかったことだな」

「ああ、まったくだ」

二人が子供の頃、軽業の芸を見せたのは奥山の地であった。

玉川小菊《たまがわこぎく》という軽業女太夫《おんなだゆう》を代々の看板としてやってきたその見世物小屋も、今はない。

「おお、やってるぜ……」

傍《そば》の見世物小屋から歓声があがった。

千里眼の目太郎の出番のようだ。

「何だい、又《また》さんと駒さんかい……」

木戸番の男は二人のことを覚えていてくれて、覗いていけと勧めてくれた。

葦簀《よしず》囲いの中へ入ると、目太郎が、客が小さな短冊に書いた字を次々と言い当てているところであった。

「相変わらず大したもんだ……」

愉快に笑う又平が木戸番に礼を言って表へ出た時であった。

又平の目が小屋の前を通り過ぎる一人の女の姿に釘《くぎ》づけとなった。

「どうしたんだよ又平、好《い》い女でもみつけたのか」

駒吉は又平を肘《ひじ》でつつきつつその視線の先を追ったが、

「あの女か……。どこかで見たような気がするな……」

自らもまた、女の姿を凝視《ぎょうし》した。

「お前もそう思うかい。てことはあの女に、おれたちはどこかで会っているぜ
……」

又平は呟《つぶや》くように言った。

女は三十過ぎくらいで町人の形《なり》をしているが、どことなく歩く姿に品があり、細面《ほそおもて》の顔は彫りが深く鼻梁《びりょう》が通っている。

確かにどこかで会ったはずなのであるが思い出せない。

又平、駒吉が二人共に見覚えがあるということは、二人が渡り中間をしている頃に出会った女であろうか――。

自《おの》ずと二人の足は女の後を追っていた。

声をかければいいことであるが、このような繁華な所でむやみに女を呼び止めるのも何やら気が引けたし、女の体からはわたしに構ってくれるなという気が発散されているようにも思えたのである。

何となく声をかけそびれるうちに、女は足早に浅草寺東側の随身門《ずいじんもん》を潜《くぐ》ると北へ向かって歩みを進めた。

その時、駒吉が思い出した。

「わかったぜ又平、大倉彦三郎《おおくらひこさぶろう》様の御新造《ごしんぞう》さんに似ているんだ」

言われて又平も胸のつかえが取れて、

「ああ、そうか、そうだな……」

と失笑した。

大倉彦三郎というのは、旗本八千石《ごく》・片貝外記《かたがいげき》一政《かずまさ》の用人《ようにん》を務める侍で、又平と駒吉が渡り中間をしている頃に何度か世話になったことがあった。

もう六年も会っていないが、温厚篤実《とくじつ》で、八千石とはいえ、あれこれ台所が苦しい片貝家の家政を切り盛りするために日夜仕事に励んでいた。

渡り中間を必要に応じて雇《やと》い入れるのも彦三郎の才覚であったが、たとえ日雇いの小者であっても片貝の御家の名に関わることと、その人選もきめ細かく行った。

どういうわけか又平と駒吉は彦三郎に気に入られ、何かというと口入屋に二人を名指しで呼んでくれたものだ。

「当家に奉公をしていない折であっても、困ったことがあれば遠慮のう訪ねて参れ……」

その上に彦三郎はいつもそう言ってくれた。

又平と駒吉は、そんなことを真に受けるものではないと思いつつ、何度か博奕で負けがこんだ時に金を借りに行った。

それはただ金を貸してほしいからだけでなく、他人の愛情に飢《う》えていた二人は、彦三郎の優しい目差《まなざ》しに触れることが堪《たま》らなく好きだったからである。そしてどんな時でも彦三郎は、快《こころよ》く二人を迎え入れてくれた。

その折、片貝邸内の大倉彦三郎の住まいで、又平と駒吉は何度か彦三郎の妻・芳乃《よしの》の姿に触れた。

片貝邸は八千石の大身《たいしん》。ここでは表と奥の区別はきっちりとしているが、大倉家では妻女自らも客の前に姿を現すゆえ、二人は私的に彦三郎を訪ねた折に芳乃と会ったことになる。

口数は少なく控えめでおとなしい妻女であったと記憶している。

ともあれ――。

その芳乃が町の者の姿で、こんな所を一人歩いているはずはない。

「まったく、世の中には似た人もいるものだなあ……」

又平と駒吉は、ふらふらとついて歩いてきたことを真に滑稽《こっけい》であったと苦笑いで顔を見合い、踵《きびす》を返そうとしたが、またすぐその場に立ち止まり、今度は二人して物陰に隠れた。

芳乃に似た女の前に、新たな人物が出現したからである。

それは三十半《なか》ばのちょっと苦味走った町の男で、驚くべきことにこの男の顔にも、又平、駒吉共に見覚えがあった。

「駒、ありゃあ留七つぁんじゃねえか」

「ああ、そのようだ。いってえどうなっているんだ」

留七《とめしち》というのは、大倉彦三郎の小者である。

寡黙《かもく》でよく働く男で、彦三郎は何かというと身の回りに置いていたので、二人は芳乃以上に留七とは顔を合わせていてよく知っているのだ。

その留七は、通りの向こうから小走りにやって来て芳乃と思《おぼ》しき女の姿を見るや、何やら詰《なじ》るような言葉をかけ、人目を気にするかのように彼女を連れて去っていった。

留七と思しき男の出立《いでた》ちは、小弁慶《こべんけい》の単《ひとえ》に三尺《さんじやく》を締《し》め、雪駄《せった》ばき——これもなかなかにくだけていて、武家に仕《つか》える小者とも思えない。

しかし、これほどまでに似た二人がいて、しかもその二人に偶然付き合いがあ

ると は考えにくい。

彼の登場は、女が芳乃であることを明らかにしたというべきであろう。

又平と駒吉は声をかけるのもためらわれ、どちらが言うでもなく、二人の男女の後を追って歩き出した。

このまま、〝似た人がいた〟では済まされなかった。

芳乃と留七と思しき二人は堀川《ほりかわ》を渡り、新鳥越《しんとりごえ》町の通りへ出て、貞岸《ていがん》寺門前にある〝岩《いわ》しろ〟という旅籠《はたご》に入った。

その様子は武家の主従というよりは、どこかわけありの夫婦連れ――そんな風に見えた。

「駒……」

通りを横切る路地の陰で又平が溜息《ためいき》をついた。

「何というか、見ちゃあいけねえものを見ちまったような……」

「だが又平、こいつはお天道《てんと》さまが引き合わせてくれたことかもしれねえぞ」

「う〜む……」

「とにかく、ちょいと探りを入れてみた方がよさそうだな」

又平と駒吉は頷《うなず》き合うと、しばし旅籠の出入りの長暖簾《ながのれん》を見つめた。

二

その夜のことである。

又平が駒吉と二人で出かけたことだし、秋月栄三郎は手習いが休みであった今日の安穏《あんのん》の締めくくりをせんと、行きつけの居酒屋〝そめじ〟で女将《おかみ》のお染相手に一杯やっていた。

今日は好い鯉《こい》が入って、これを洗いにして、焼き茄子《なす》と一緒に食べながらいたく上機嫌であったのだが、そこへ俄《にわか》に又平が浮かぬ顔で入ってきて、

「旦那、申し訳ありやせんがすぐに道場へ戻って頂けやせんかねえ……」

と、栄三郎に願った。

「何だい又公！　うちの商売の邪魔をするんじゃないよ」

当然のごとくお染と又平の間に一悶着《ひともんちゃく》あったが、二人が言い争っている隙《すき》に今度は駒吉が入ってきて、

「たとえここの女将でも、知られたくねえ話がございましてね……」

栄三郎の関心を煽《あお》り、まんまと連れ出したのである。

栄三郎は何事かと、二人を自室に通して事の仔細《しさい》を聞いた。

又平と駒吉が栄三郎に聞いてもらいたい話とは、もちろん今日浅草で見かけた〝よく似た二人〟のことである。

又平は買ってきた鮨《すし》を栄三郎の前に置いてから、今日の不思議をかいつまんで話すと、

「それが、どう考えても、二人とも本人であるとしか思えませんで……」

小首を傾《かし》げながら言った。

又平の奴《やつ》、いつもながらに気《き》が利いている――。

栄三郎は鮨をつまみながら聞いていたが、

「お前ら二人にしてみりゃあ、たまたまその二人が、芳乃という御新造と留七という小者にそっくりだった……。そう思いてえところだなあ」

やがてポツリとそう言った。

「へい、旦那の仰《おつしや》る通りでございます」

駒吉は神妙に頷いてみせた。

さもなければ、芳乃、留七共々暇《ひま》を出され、今は夫婦となって暮らしているか――よんどころない事情があって、大倉彦三郎の命《めい》で町人姿に身をやつし、何ら

かの御役目を果たしているのか――。

そういうことになる。

「それで、二人は旅籠には何という名で泊まっているんだ」

又平と駒吉のことである。しっかりとその辺のことも調べてきたに違いないと、栄三郎は問うた。

「それが、二人は客ではねえんで……」

「客じゃあねえ……」

又平が調べたところによると――。

〝岩しろ〟という旅籠は、堀川の良五郎《よしごろう》という初老の俠客《きようかく》が表稼業として女房にさせているという。

そこの客人として逗留《とうりゆう》しているのが、芳乃、留七と思しき二人で、二人は渡世人・佐野《さの》の文七《ぶんしち》、その女房・およしという。

あれこれ近くで聞き込んでみると、堀川の良五郎というのは世間からはみ出した若い者の束《たば》ねをする、なかなか義と情に厚い俠客で、この辺りの者達には好かれているようだ。

ところが、その良五郎の穏《おだ》やかさにつけ込んで、千住界隈《せんじゆかいわい》を縄張りとする亀六《かめろく》という親分が、自分の息のかかった鮫三《さめぞう》という男を山谷《さんや》浅草町に出張らせた。

鮫三はそこに料理茶屋を出し、裏でじわじわと良五郎の縄張りに踏み入り、勝手に賭場《どば》を開いたりし始めた。

事を構えぬようにしてきた良五郎であったが、鮫三の横暴は日増しに目に余るようになってきて、これに良五郎の乾分《こぶん》達が反発し、このところ一触即発の様相を呈してきているという。

事を起こし、千住の亀六の助けを仰《あお》ぎきっかけを作りたい鮫三は、近頃相当腕の立つ用心棒も迎え入れた。

それでも、

「相手の誘いに乗るんじゃねえ……」

と、良五郎は相変わらず泰然自若《たいぜんじじゃく》としていて、乾分達は良五郎の男としての大きさを改めて思い知るのだが、

「このままじゃあ、おれ達も干上《ひあ》がっちまう。何とか手を打たねえと……」

そんな声も高まりをみせる。

「どうやらそれで、堀川の良五郎の乾分の中でも一番兄貴格の、小塚原《こづかっぱら》の仁吉《にきち》ってえのが、文七を呼んだそうなんで」

「その、留七そっくりの男をか……」

「へい、何でも以前旅先で、文七は夫婦共々良五郎の世話になったとか」

「その時の義理を果たして、助っ人しろってことだな」

「表向きは、夫婦して江戸へ遊びに来ればどうだということでしょうが、来てみれば堀川の良五郎がどんな様子か文七にも知れるってもんでしょう」

「良五郎も物見遊山《ゆさん》になら、来るなとも言えねえ。乾分達にしてみりゃあ、藁《わら》にもすがる思いなんだろう」

「文七は、なかなか頼りにされているようですぜ」

「で、その文七に似ているという留七って男は腕っ節が強かったのか」

「へい、武家奉公をしている間に、武芸のひとつもかじったようで、渡り中間同士が喧嘩《けんか》を始めたのを、あっという間に収めたのを見たことはありましたねえ……」

又平の言葉に、駒吉も大きく頷いた。

「てことは、文七が留七であったとしてもおかしくはねえってことだな」

これには又平、駒吉、二人共頷いた。

「それでお前らは、その大倉彦三郎って人にどれだけ会ってねえんだ」

「もう、六年ってところでしょうか。一度お訪ねしようと思いながら、どうも片貝様の御屋敷の敷居が高くて……。駒、お前はどうだ」

「おれもそんなところだ。あれこれ助けてもらいながら、おれはろくでもねえ連中とつるんでしまったからな……。合わす顔がなかったのさ」

又平と駒吉は決まりが悪そうに下を向いた。

あれこれ親身になってもらいながら、二人共博奕でしくじり、又平は幸いにして栄三郎と出会ったことで、この手習い道場で新しい人生を開くことができたが、駒吉はよからぬ一味に身を置いてしまうことになる。

いずれにせよ、大倉彦三郎に会うのがためらわれたまま、その六年を過ごしてきたのである。

「つまるところお前らは、この六年の間に芳乃って御新造と留七って小者が、理由《わけ》あって渡世人・文七とその女房・およしになっちまったんじゃねえか。もしそうなら、世話になった大倉彦三郎殿に何かがあったのに違《ちげ》えねえ……。それが気になって仕方がねえってことだな」

「へい……！」

二人は同時に頭を下げた。

「そんな考えるほどのことでもねえじゃねえか。片貝様の御屋敷へ行って、大倉彦三郎殿を訪ねりゃあ、すぐにわかることだ」

栄三郎はそう言うと、悪戯《いたずら》っぽく笑って二人を見た。

「いえ、ですから長《なげ》えこと不義理をしているあっしら二人じゃあ、八千石の御屋敷へはおいそれと行けねえでしょう」

「お前ら二人なら、夜を待って屋敷へ忍びこんで、そっと会う手もあろうよ」

「ヘッ、ヘッ、旦那、勘弁して下せえよ……」

「わかった。何かつてを探してみようよ」

「本当ですかい」

「こいつは畏《おそ》れ入りやす……」

又平と駒吉は口々に安堵《あんど》の声をあげた。

「その旅籠の方も時が時だけに気になるな。又平と駒吉が泊まりこむわけにもいかぬし、手習いを放っておれが行くわけにもゆくまい……」

栄三郎はじっと考え込んだ。

すでに又平と駒吉の心配事は栄三郎の心配事となっている。

栄三郎はしばし腕組みをした後、自慢の鉄五郎《てつごろう》作の煙管《きせる》を取り出すと、煙草盆《たばこぼん》を引き寄せ、一服つけた。

ぷかりと浮かぶ白い煙を眺めながら、又平と駒吉は、肉親以上に頼りになる、この愛すべき男と過ごす幸せな一時を、しばしの間堪能《たんのう》したのであった。


秋月栄三郎の動きは早かった。

翌朝すぐに旗本・永井勘解由邸に用人・深尾又五郎を訪ね、片貝家に存じ寄りの者がいないか問い合わせた。

永井家三千石の家政を取り仕切る深尾のことである。

日頃から諸家の家老、用人と情報などを交換し合っていると思ったのだ。

さすがに深尾用人である。片貝家用人・大倉彦三郎の名は知っていた。何度か浅草の蔵宿ですれ違ったことがあり、如才なく言葉を交《か》わしていたという。

この一事からも、大倉彦三郎なる用人がなかなかに社交的でよく働くことが窺《うかが》い知れる。

栄三郎は深尾又五郎にこれを問い合わせるにあたって、又平と駒吉がかつて大倉彦三郎に世話になりながら長い間無沙汰《ぶさた》をしているので、一目会って達者に暮らしていることを告げたいと思っている。しかし、八千石の大家ゆえに片貝家には近寄り難く、そのままになっているようで、何とか会わせてやりたいのだと説明をした。

又平と駒吉のことは深尾も好く知っている。

一年近く前に、二人が永井家の知行所における不祥事に際して随分《ずいぶん》と活躍してくれたことも記憶に新しい。

「ならば某《それがし》が一筆認《したた》めましょう……」

快く相談に応じてくれた。

文《ふみ》の内容は、永井家剣術指南・秋月栄三郎に、後学のため片貝家武芸場における稽古《けいこ》の様子を何卒《なにとぞ》見せてやってもらいたいというものであった。

いきなり二人を連れて屋敷に彦三郎を訪ねるのも気が引けようから、まず栄三郎が会えばよいというのだ。

「そこもとならば、すぐに大倉殿と気心も知れようものじゃ」

深尾の言葉通り、その日のうちに彦三郎より快い返事を貰《もら》った栄三郎は、その翌日、早速駿河台《するがだい》にある豪壮なる片貝邸を訪れ、用人・大倉彦三郎と対面し、武芸場での見取り稽古を果たした。

稽古を見るのは口実であったが、日々行われるという家中の士の鍛練はなかなかに厳《きび》しいもので、当主・片貝外記の剛直な気風が隅々《すみずみ》まで行き届いていることが伝わってきた。

深尾又五郎は外記を、

「潔癖で曲がったことの嫌いなお人でござる」

と評していたが頷ける。

「まるで松田新兵衛のようでござるな……」

栄三郎はそう言って笑ったが、そのような殿様に仕えるのもさぞかし大変なことであろうと思われた。

――だが、この御方であれば。

栄三郎は大倉彦三郎と会ってみて、片貝家を取り仕切れるのは大倉用人あってこそとすぐに感じ入った。

見ていると、とにかく何事ももったいをつけずてきぱきとこなし、労を厭《いと》わない。栄三郎に対する振舞いも誠意が籠《こ》もっている。

又平と駒吉がいまだに慕っていることがよくわかる。

「本日は真に忝《かたじけの》うござりました。御当家の武芸場を拝見仕《つかまつ》り、色々と学ぶものがござりました」

「それは何よりでござった」

「時に、かつて渡り中間をしていた又平、駒吉の両人を覚えておいでてでござりまするか」

「又平に駒吉……、おお、覚えておりまするが、秋月殿は両名のことをご存じか」

「はい、某がここへお邪魔をすると申しましたところ、大倉殿のことを懐《なつ》かしがりましてな……」

栄三郎は見取り稽古を終えた後、彦三郎とこのような会話を交わして、現在の又平と駒吉の様子、自分との関係を手短に話し、二人が是非会いたがっていると伝えた。

「そのようなことならいつでも訪ねてくれればよかったものを……。某も是非会いとうござる……」

大倉彦三郎の行動は早かった。

翌日は浅草の蔵宿に出向くことになっているので、八ツ半刻（午後三時）頃に会えないかと言うのである。

「忝《かたじけな》い。二人が聞いたら涙を流して喜びましょう……」

八千石の大身の旗本家の用人が、これほどまでに人情家であるとは——。

話すうちに栄三郎も我がことのように嬉《うれ》しくなり、必ず連れて参りますと誓い、あれよという間に事が運んだ。

——案ずるより産むが易《やす》しだ。

又平も駒吉も、勇気を出して片貝邸に大倉彦三郎を訪ねればよかったのだ。

栄三郎は喜び勇んで片貝邸を辞すと、手習い道場で栄三郎の帰りを今か今かと待っていた又平と駒吉の顔を見るや、明日会う段取りをつけてきたと自慢げに伝え、

「お見かけしたところ、大倉殿にはこれといった屈託は見当たらなんだぞ。さすがに初めて会う御仁に御妻女のことや、留七という小者のことは訊《き》けなんだが、明日訊《たず》ねてみれば、ああ達者にしていると応えられるかもしれぬぞ。ひょっとして供には留七を連れているかもな……」

又平と駒吉が見た二人は、やはり他人の空似であったのではないかと言った。

又平と駒吉も栄三郎の話を聞くうちに、精力的に仕事を次々とこなしていくあの日の彦三郎の姿が目に浮かび、栄三郎の言う通りかもしれないと思い始めてきた。

考えてみれば、何度も彦三郎の妻女・芳乃に会ったわけではないし、あの日浅草寺の外で文七という渡世人の顔も間近で見たわけではない。

通りすがりの女が芳乃に似ているから、彦三郎との思い出が蘇《よみがえ》り、文七という男の顔を彦三郎に仕えていた留七のそれに連想させたのかもしれない。

少し角張った顔つきに大きな鼻、細い目――留七はどこにでもある顔をしていた。

文七が似ていたとしてもおかしくはない。そもそも浅草寺の外で見かけた後は、そっと追いかけ文七の後ろ姿ばかりを見ていた又平と駒吉であった。

思い違いであってくれたらこれほどのことはない。

久しぶりに会う大倉彦三郎に、笑い話として伝えることができるではないか。

二人して何と馬鹿馬鹿しい追跡をしたことであろうかと。

思えば取次屋という稼業にどっぷりと浸《つか》っているゆえに、人のことがやたらと気になるのだと、又平は苦笑いを浮かべて、

「駒、お前までおれの馬鹿に付き合うことはねえんだよ」

などと照れ隠しに駒吉を窘《たしな》めてみたりして頭を掻《か》いた。

「まあ、明日になりゃあ落ち着くさ……」

その日の夕べは、先日の仕切り直しとばかり、栄三郎は又平と駒吉を連れて〝そめじ〟へ出かけて一杯やった。

酒が入るうちに、文七、およしなる夫婦のことなどすっかり頭のうちから離れてしまった又平と駒吉であった。

ところが翌日になって、栄三郎、又平、駒吉は、大倉彦三郎から意外な事実を報《しら》されることになる。

三

秋月栄三郎に付き添われて、又平と駒吉が大倉彦三郎と再会を果たす場は、浅草御蔵からほど近い、石清水八幡宮《いわしみずはちまんぐう》の門前にある〝だいご〟というそば屋であった。

ここの二階座敷は広々としていて、席は衝立《ついたて》で仕切られている。気のおけない者同士が会うにはちょうど好い店である。

そばに加えて天ぷらも旨《うま》く、

「もしも席が取れぬ時のみ遣《つか》いをやりまする」

彦三郎は片貝邸で栄三郎と会った時にそう伝えていた。

店の選択も、栄三郎への連絡も万事がそつなく、四人は晴れやかにここで席を同じくし、又平と駒吉はやっと会えた喜びに、何度も何度も頭を下げた。

「いや、久しいな。真にこのような縁もあるのじゃな。秋月殿のお蔭《かげ》でござる」

彦三郎は無邪気に喜んで、栄三郎に謝意を述べた。

歳は栄三郎よりほんの少し上くらいであるが、万事彦三郎は臈《ろう》たけていて威厳があり、彼に喜んでもらえるだけで恐縮してしまう。

「覚えて下さっていたとは、ほんに嬉しゅうございます……」

「その上に、こうしてわざわざ招いて下さるとは……」

又平と駒吉は声を詰まらせながら、かつての厚情に応えられなかった我が身の不甲斐《ふがい》なさを詫《わ》び、今は人様の御役に少しは立つ身となった、何かの折には御恩返しを致しますゆえ、遠慮なくお申し付け下さいと、口々に言い立てた。

「これこれ、わたしはただ当家に奉公をしてくれたおぬしらの面倒をみただけじゃ。その場限りとはいえ、主従は三世《さんぜ》と申すではないか……。はッ、はッ、それは言い過ぎかな……」

堅苦しいことは抜きにして、今日はこの場の邂逅《かいこう》を喜び合おうではないかと、彦三郎は三人に酒を勧めた。

酒が入っても彦三郎のもの言いは誠実そのもので、

「又平、駒吉、おぬしらはこの彦三郎に礼を申す前に、この秋月殿への感謝を忘れてはならぬぞ。今二人が少しは人の役に立てるようになったのは、わたしが見たところ、みなこの御仁のお蔭のように思われる。大事に致せよ……」

そのように二人を諭《さと》して、又平と駒吉をますます感じ入らせた。

「これは畏れ入りまする……」

誉《ほ》められて栄三郎は顔を赤くした。

「わたしこそ、又平と駒吉のお蔭で、こうして大倉殿と懇意《こんい》にさせて頂けたことに感謝を致しますよ」

心底そう思った。

この人に六年もの間、無沙汰をしたのだ。又平と駒吉が気に病むのも当然だ――。

栄三郎と彦三郎もたちまち気脈を通じ、いよいよ栄三郎は、又平、駒吉に、昨日までの関心事をこの辺りで問い合わせてみてはどうかと目で合図をした。

又平はちょっと畏《かしこ》まって、

「ところで大倉様、表でお供の人を見かけましたが、今日は留七さんは御一緒じゃあねえんでございますね。いえ、久しぶりに会いたかったなと思いやして……、へい……」

横で駒吉がまったくだと頷いた。

「留七か……」

その名を口にした彦三郎の表情に、たちまち険が浮かんだ。

やはりこれは何かある――。

「どうか、なさいましたか……」

駒吉が心配そうに訊ねた。

「留七は亡くなったのだ……」

彦三郎は少し目を伏せて、ひっそりと言った。

「亡くなった……」

又平は低い声を発し、驚きに口をポカンと開いた。

「そうだったな。知らぬのも無理はない。もう五年前のことだ。菩提寺《ぼだいじ》参詣《さんけい》の折に、妻の供をして渡し船に乗ったのだが、大川橋の下にさしかかったところで橋《はし》桁《げた》が落ちた……」

運悪くそれは船を直撃し、乗り合わせた者は皆、川へ投げ出された。

さらに数日前から降り続いた雨で、川は水を増していて、流れも急であった。

「無事助けられた者もいたが、ほとんどの者は傷つき水に呑《の》まれ、妻も留七も帰らぬ人となってしもうた……」

「では、留七さんだけでなく芳乃様まで……」

「うむ、ついに骸《むくろ》は出てこなんだ……」

「そんな……」

又平と駒吉は絶句した。

栄三郎も何と言葉をかけてよいか知れず、黙って運ばれてきた酒を飲んだ。

「そんなことも知らねえで……」

又平が絞《しぼ》り出すように言った。

「まったく……、面目《めんぼく》ねえことでございます……」

駒吉が続けた。

「何やら座を暗くしてしまったな。この先またおぬしらと交誼《こうぎ》を続けるとなれば、言うておかねばならぬと思うてな……」

彦三郎は又平と駒吉の気持ちが嬉しくて、彼もまたしんみりとして言った。

「だが、おぬしらに哀《かな》しんでもろうて、芳乃も留七もさぞや喜んでいよう。さあ、笑って今日は共に飲んでくれ……。ささ、秋月殿も、やって下され。今日はそこもとの話を聞くのを楽しみに参ったのだ……」

彦三郎は打ち沈んだ場を盛り上げようと、自らよく語った。

「それは嬉しゅうございますな。ははは、ご所望とあれば、日々手習いで子供達から聞きました笑い話でもお話し致しましょうか」

「おお、それは一段とよろしいな」

栄三郎もまた、〝好いねえ……〟というただ一言の寝言から、大家を巻きこむ夫婦喧嘩を起こした両親の話を他人事《ひとごと》のように笑って話す子供のことなど、あれこれ語って座を盛り上げ、大いに彦三郎を笑わせた。

しかし、この時すでに栄三郎の頭の中では、次の段取りが着々と組まれていたのである。

三日の後――。

秋月栄三郎は、いつものように手習いを終えると、町の物好き達の剣術稽古は門人達の自儘《じまま》にさせて、自分は浅草新鳥越町、貞岸寺門前の旅籠〝岩しろ〟に人を訪ねた。

ここに剣の師・岸裏伝兵衛が泊まっているのである。

永井家用人・深尾又五郎の口利きで、片貝家用人・大倉彦三郎と会い、又平と駒吉の願い通り二人を引き合わせた栄三郎であった。

しかし、芳乃と留七の現在を訊《か》ねてみると、二人は死んだという。

万事において誠実を絵に画いたような彦三郎の言葉だけに、又平と駒吉は思わず話に引きこまれ涙を流したが、冷静に考えてみると、何とも合点《がてん》がいかぬ話ではないか——。

まず、又平と駒吉が浅草で大倉彦三郎の妻・芳乃にそっくりな町の女を見た。

これをつけてみると、続いて彦三郎の奉公人であった留七そっくりな町の男が現れた。

そして、芳乃と似た女がおよし。

留七と似た男が文七。

二人は夫婦で、堀川の良五郎という俠客が営《いとな》む〝岩しろ〟という旅籠に、客人として逗留している。

いやしかし、これは偶然にも芳乃と留七に似ている者が夫婦で、たまたまこの旅籠に逗留しているのだと一旦は思い直してみたのだが、大倉彦三郎は、芳乃と留七は橋桁落下事故に巻きこまれて死んでしまったという。

つまり、これを深読みすると、死んだと思ったはずの芳乃と留七が実は生きていて、およし、文七と名を変えて夫婦となっている――そうも考えられる。

しかも、橋桁落下の渡し船沈没の一件において、芳乃と留七の骸は川に呑まれて不明のままだというではないか。そのようなことがないとも言い切れまい。

あの日、

「芳乃も留七も相変わらずじゃ……」

と彦三郎が言ってくれたら、

「世の中には似た者がいるものですね……」

などと笑い話にしようかと思ったが、死んだと聞かされれば、およしと文七のことは言うに言えなかった。

それゆえに、栄三郎は彦三郎と別れた後すぐに、今は道場巡りをして江戸での日々を過ごしている岸裏伝兵衛を捉《つか》まえて、江戸逗留の間は是非、浅草新鳥越町の旅籠を定宿《じょうやど》にして下さりませぬかと頼んだ。

又平と駒吉は、文七・およしが、留七・芳乃であったとしたら、顔を知られている。

栄三郎も手習いをおろそかにすることもできず、松田新兵衛は今ひとつこういう探索に向いていない——そうくれば、やはり伝兵衛に頼むしかないのである。

栄三郎から話を聞いて、伝兵衛はたちまちこの一件に興味を持ち、

「死んでいたと思った者が実は生きていた……。つい先だっても同じようなことがあったな」

将棋指しの桂次郎を引き合いに出し、いかにも楽しそうにして、およし・文七夫婦の様子を窺《さ》うことを二つ返事で引き受けた。

「先生にこのようなことをお願い致しますのは、真に心苦しいのですが……」

と栄三郎は恐縮したが、

「いやいや、ちょうど江戸の暮らしに飽《あ》いたところじゃ。桂次郎のことでお前にあれこれと迷惑をかけた。何か取次屋の手伝いができぬかうずうずしていたのじゃよ」

随分とはしゃいだのである。

近頃の岸裏伝兵衛は、愛弟子《まなでし》の稼業である取次屋を手伝って人へお節介をやくことに、えも言われぬ楽しみを見出しているのだ。

この三日の間、伝兵衛は旅の仏師《ぶっし》を気取ってここへ投宿した。

道場をたたんで廻国《かいこく》修行に出た頃より、木彫りの仏像を造ることが趣味となり、今ではなかなか彫れるようになった伝兵衛である。

一度でいいから仏師の真似《まね》をして宿をとり、

「お女中、今日は晴れたな。真に心地《ここち》好い朝じゃ、どれ勤行《ごんぎょう》と参ろうか……」

などとわかったようなことを言いながら、おもむろに仏像を彫ってみたい――

そんな想いを実践できて、伝兵衛はいつになく機嫌がよかった。

栄三郎は伝兵衛を堀川端へ連れ出すと、並び立って川風に涼を請《こ》うた。

「文七とおよしは、二階の奥まった部屋に泊まっている……」

文七は時折、主《あるじ》の良五郎に会いに、奥の住まいの方へ出向いているが、およしの方は厠《かわや》へ立つ時、風呂場へ行く時、裏手の井戸を使う時の他は、ほとんど部屋を出ることはないと伝兵衛は言った。

「おれも、今彫りかけの仏像を仕上げてしまわねば気持ちが悪いゆえに、外出《そとで》は控える。この屋の女中達にはそう言ってほとんど旅籠の内にいるゆえ、ようわかる……」

女中達とも親しくなり、文七とも言葉を交わすようになったので、少しずつ夫婦の事情が見えてきたという。

「よく文七と言葉を交わせるようになりましたね」

「文七が廊下を通るのを見はからって、おれも偶然を装い廊下へな……」

「畏れ入りまする……」

「いや、なかなかそういうことも間合を計るのが難しいが、ぴたりと決まれば嬉しゅうなってくる」

何事も修行と心得る岸裏伝兵衛は、どのような下らぬことをしていても楽しそうに見える。

「文七はよく喋《しゃべ》る男なのですか」

「いや、時候の挨拶《あいさつ》など交わしても、ほとんどは黙って頭を下げるばかりだ」

それでも、伝兵衛の部屋の内に見える彫りかけの仏像、木屑《きくず》などを垣間《かいま》見ると、伝兵衛の穏やかな笑顔と相俟《あいま》って、文七は安らぎを覚えたようだ。

「そいつは観音様ですかい……」

呟《つぶや》くように声をかけたその時から、伝兵衛には話しかけられると応《いら》えを返すようになってきた。

「文七は武家奉公をしていたのやもしれぬな」

七夕《たなばた》や八朔《はっさく》の話題を出すと、素町人にはわからない切子灯籠《きりこどうろう》の奉献のことなどに触れても、文七はこれを理解したという。

「さすがは先生……」

栄三郎は感心した。

「何の、お前の知恵にあやかろうと思うてな」

愛弟子に誉められて、伝兵衛は相好《そうごう》を崩した。

「それと……。あの夫婦は何やら揉《も》めているような……」

「揉めている……」

「井戸端で言い争うておるのを目にしたが、傍へ寄ってじっくり聞くわけにもいかなんだゆえ、何気に様子を窺うたのだが、言葉の端々《はしばし》を聞くに、およしは文七が堀川の良五郎の許《もと》へとやって来たことを快く思っておらぬような……」

「なるほど、今にも山谷の鮫三との間で喧嘩が起こりそうな様子を聞いています。そうなれば文七は助っ人をするしかない。だが女にしてみれば、渡世の義理を果たすなど馬鹿げている……。そんな風に思うのでしょう」

「栄三郎の言う通りだ。男は己《おのれ》の義理を果たすために命をかけても本望だが、残された女の方は堪らぬ」

「女は何よりも〝今〟が大事にございますれば……」

「栄三郎、お前もそのような言葉が似合うようになったか」

「鼻たれも次第送りでございます」

師弟はニヤリと笑った。

命と行く末を託し託された師弟の会話には、親子とは違う、えも言われぬ味わいがあるものだ。

「それで女の方は、じっとはしていられずに、あれこれ動き出したのであろう」

伝兵衛は話を続けた。

「何とか亭主の義理を果たせて無事にあの旅籠から出られぬものかと、女ながらにあれこれ画策しているのでしょう」

栄三郎も推理を巡らす。

「だが、あの二人は何やら理由《わけ》ありで、外へは出られぬ身であるような……」

「人に顔が知れてはならぬ身……」

「知られて見つかれば、重ねて四つに斬られる身の上、ではないかの」

「やはり、そう思われますか……」

伝兵衛は溜息をついて頷いた。

「ありがとうございます……」

栄三郎は伝兵衛に頭を下げて、ふっと川面《かわも》に目をやった。

船遊びに興じる町の者達が楽しそうに通り過ぎる。

およしと文七はどのような感慨をもって、あの日堀川を渡ったのであろうか。

同時に栄三郎の脳裏《のうり》に、大倉彦三郎の限りなく穏やかで優しい笑顔が浮かんだ。

今を生きる女の情念が、あの人の純情を汚《けが》さなければよいのだが……。

栄三郎の心は揺れた。

四

大倉彦三郎は、五日に一度は浅草の蔵宿に顔を出す。

札差《ふださし》と呼ばれる蔵宿から金を借りぬ旗本はいないが、借りては返す、返しては借りる——その繰り返しの中で少しでも借財を減らしつつも、また借りる時のことを考えて、彦三郎は用がなくとも顔を見せるようにしている。

人というものは顔を合わせていれば、それなりに情が湧《わ》いて何かの折には快く助けてくれるものだ。

そのために商人に会い、調子の好いことも言い合う。

それにしても――。

八千石の旗本の用人で、自らも百五十石を食《は》む身が、町の金貸しの機嫌をとらねばならぬ時代に生まれてきたとは何たることか。

「ふん、何が侍だ……」

今自分がしていることが忠義というなら、いっそ家政が立ちゆかぬ責めを負《お》って、潔《いさぎよ》く腹を切って果てたい衝動にかられる。

そのこみあげる熱情を抑えるために、彦三郎は浅草御蔵へやって来ると必ず帰りに、対岸の本所への渡しがある御厩河岸《おんまやがし》にある掛茶屋へ立ち寄る。

ここの長床几《ながしょうぎ》に座って大川を眺めながら草団子を頰張《ほおば》る。

青い香りと口中に広がる甘味に、思わずにこりと反応する自分の生への執着が浅ましくもあり、いとおしくも思う。

大川には、水の上で遊ぶ者、働く者が、それぞれ生きている者が放つ一瞬の輝きを残しつつ行き交う。

そのうちに、生きていることはそもそも滑稽《こっけい》で、人の生命《いのち》の味わいは長い時をかけねば賞味できぬものなのだと思えてくる。

「つべこべ言わずに生きよ、彦三郎……」

そしてそんな声がどこからともなく聞こえてくるのだ。

「よし……」

長床几を立とうとした時であった。

「お侍さま……」

近くに住む生意気盛りの町の子供が寄ってきて、声をかけてきた。

「これ……」

子供を追い払おうとする従者を、

「よいよい……」

と、彦三郎は制した。

子供の手に何か紙切れのようなものが握られてあるのが気になったのだ。

「何ぞ人にものを頼まれたのかな」

彦三郎は優しく言葉を返した。

「これをお侍さまにと……」

子供は件《くだん》の紙切れを差し出した。

「これへ来よ。もらおう……」

彦三郎は紙切れを受け取り、小銭を子供に与えた。

大喜びする子供が駆け去ると、彦三郎は紙切れに書かれた一文を見て大いに笑った。

「蔵宿の隠居だ。碁《ご》の相手を請うてきた。まったくあの老人は悪戯好きだ……」

彦三郎は従者にそう語りかけると、そこからほど近い石清水八幡宮の社地《しゃち》にある休み処《どころ》へと足を運んだ。

隠居はそこの離れで待つというのだ。

「すぐに戻る……」

彦三郎は表の床几に従者を残し、奥の離れへと消えた。

離れは入れ込みの向こうに小庭を隔《へだ》てて、茶室のように建てられていた。

「彦三郎じゃ……」

障子戸《しょうじど》を開け中へ入ると、そこに隠居の姿はなく、一人の町の女が頭を下げていた。

「申し訳ございませぬ……」

女はおよしであった。いや、彦三郎にとっては芳乃と呼ぶべき女であった。彦三郎の体がぶるぶると震えた。

「何故《なにゆえ》江戸へ戻った」

「戻ったのではござりませぬ。やむをえぬ事情があって、少しの間、立ち寄っただけにございます」

芳乃は消え入るような声で言った。

細身の体が閉めきった部屋の中の薄暗がりに浮かんで見えた。

「その事情をわたしに告げるために、文を子供に託したと申すか……」

怒鳴りつけたい思いを堪《こら》えて、彦三郎は声を押し殺した。

文を見た時は、それが芳乃からのものであることに驚いたが、従者に知られぬように蔵宿の隠居からの誘いだと咄嗟《とっさ》に嘘《うそ》をついた彦三郎であった。

「申し訳ござりませぬ。あるお人の危急を報され、やむなく江戸へ……。その人は旅先でわたくしと留七の命を救ってくれた、恩あるお方なのでございます」

その留七が文七であることは言うを俟《ま》たない。

芳乃は旅先で留七と共に風邪の熱に浮かされ行き倒れているところを、堀川の良五郎に助けられ、その出会いによって、野州《やしゅう》佐野で人入れ業などしながら落ち着くことができたこと、その良五郎に今危機が迫っていることを告げた。

「つまり留七は、その義理から良五郎の助っ人に戻ってきたと申すか」

芳乃は黙って頷いた。

「人入れ業などと申してはいるが、所詮《しょせん》はやくざ渡世に身を置いたか」

吐き捨てるように言って顔をそむけた彦三郎の横顔を、芳乃は悔《くや》しそうな目で見上げると、

「生きるためでございます」

返す言葉に力を込めた。

「生きるため……」

「あなた様が仰《おお》せになったことにございまする」

「ふん……、生きよと申したは、この彦三郎であったな。それで、生きるためにわたしに会いに来たか」

「お願いがございます」

「このことを、留七は知っているのか」

「知りませぬ」

「亭主を欺《あざむ》いてまで何を願う」

「五十両、用立てて頂きとうございまする」

「五十両……」

「その金子《きんす》を堀川の親分にせめてもの気持ちだと渡し、江戸を出とうございます。そしてもう二度と、あなた様の前には現れませぬ」

「断ればどうする……」

「あなた様が妻は死んだと世を欺いたことを御家に訴え出ましょう。お殿様の御気性《きしょう》はそのような嘘をお許しになられますまい」

「そうか……」

彦三郎はまた怒りを抑え、声を押し殺した。

「そうして留七共々殺されるか」

「このままでは、どうせ死ぬ定めにございます……」

堀川の良五郎と山谷の鮫三とが喧嘩になって留七が助っ人をすれば、相手の用心棒に一刀両断にされるであろう。

鮫三が雇うことになっている用心棒が、浅草奥山で居合斬りを見せていると聞き、芳乃はそっと見に行った。

人目につくことは避けねばならなかったが、そもそも江戸へは遊山にやって来ていることになっている。旅籠にばかり籠もっていられなかったし、用心棒の腕そこで芳乃が見たものは――四囲に立てられた巻藁《まきわら》を気合諸共《もろとも》、瞬時に切断した神業《かみわざ》とも言える剣技であった。

又平、駒吉が芳乃を見かけたのは、この居合を見た帰りであったのだが、二人に姿を見られたことを今芳乃と彦三郎が知る由《よし》もない。

「その五十両で、居合抜きに勝てる用心棒を雇うか……。ふッ、女の考えそうなことよ」

「生きるためにはどのようなことも考えます……！　あなた様が何があろうと生きよと申されたのです！　わたくしをなぜあの時、御手討ちになされませなんだ……」

彦三郎を詰る目に涙を浮かべて、芳乃はきっと唇を真一文字に結んだ。

「お前はほんに哀れな女よのう……」

彦三郎はかつての妻をつくづくと見つめると、

「だがその哀れを招いたのはこの彦三郎の不徳じゃ。何としてでも五十両、用意を致そう……」

そう言い放った。

彦三郎を見上げる芳乃の顔に、たちまちうっすらと赤みが差した。

しかし、しばし芳乃は感慨に浸った後、

「ふふふ……」

あろうことか、声を低めて笑い出した。

「嘘でございますよ……。ふふふ……。あなた様に五十両の金子など用意できるはずもござりますまい……」

「芳乃……」

「戯《ざ》れ言《ごと》でござりまする。あなた様のお言いつけ通り、わたくしも留七も生きておりますと、ただお伝えしたかっただけにござります……」

「嘘を申すな……」

「嘘ではござりませぬ。あなた様のまじめくさったお顔を眺めるうちに、少しばかり、からこうてみとうなったのでござります」

「黙れ……。黙るのだ」

「黙りませんよ。わたしはもう町の女房でございますからね。やくざの女房でございますからね。何事も口八丁手八丁でございますよ。御心配御無用に願います。もう二度とこんな悪戯は致しませんから。ふッ、ふッ、あなた様は相も変わらず好いお人だ……。わたしは裏から失礼致します。おおきにおやかましゅうございました……」

芳乃は町の女房の言葉となって、そそくさと離れ家から出ていった。

――ふん、所詮はやくざの女房になりきれぬではないか。優しい言葉に退散するとはいかにも芳乃らしい。

彦三郎は息を整え、少しの間黙想するとゆっくりと立ち上がった。

その時である――。

「御免下され……。秋月栄三郎でござる」

離れ家の外から声がした。

「秋月殿……。何故にこれへ……」

驚きうろたえながらも、彦三郎は何事かあると思い、一間の内に栄三郎を招いた。

「不躾《ぶしつけ》をお許し下さりませ……」

栄三郎はただ一人で入ってきて、威儀を正した。

部屋にはかすかに女の残り香があった。

それが栄三郎の胸を切なく揺らした。

「今までここにおられたのは、かつての御妻女であった、芳乃殿でござりますな……」

「何と……」

「実は過日、又平と駒吉が、浅草奥山にて偶然に御妻女を見かけたのでござる」

「左様《さよう》でござったか……」

栄三郎は、通りすがりの女があまりにも芳乃に似ていた上に、迎えに来た男がこれまた留七にそっくりだったので、又平と駒吉が不審に思い、二人の居所を見極めた経緯を話すと、

「余計なこととは思いましたが、この栄三郎が勝手なことをさせて頂きました」

真心を込めて彦三郎を見た。

このところ栄三郎は伝兵衛を訪ねて〝岩しろ〟に入り浸っていた。

今日も、およしこと芳乃が〝岩しろ〟をそっと脱け出したのを察知した伝兵衛がこれを告げ、栄三郎はおよしの後をつけ、この休み処へ辿《たど》りついたのであった。

「死んだはずの二人が生きているというのは穏やかではありません。又平と駒吉はわたしの大事な仲間でござる。二人がひとかたならぬ世話になったという御用

人の御役に立ちたいのです。まず理由《わけ》を話しては頂けませせぬか」

栄三郎に事を分けて話されて、彦三郎はしばらく思いにふけったが、やがて大きく頷いた。

八千石の御家の政《まつりごと》を切り盛りしてきた彦三郎には、秋月栄三郎が自分の味方かどうかは容易に見分けられた。

「かくなる上はすべてをお話し申そう。その上で、秋月殿を見込んでお願い致したい」

「何なりと……」

栄三郎も決意を胸に、彦三郎に畏まってみせた。

「芳乃と留七の命を、救ってやって頂きとうござる」

「できる限りの手を尽くしましょう」

「うむ、好い返事を承《うけたまわ》った……」

彦三郎の顔が綻《ほころ》んだ。

安請け合いをしない栄三郎の姿勢にこそ、真心が見受けられると、彦三郎には思えた。

「恥を忍んで申し上げる。芳乃と留七は五年前のある日のこと、我が住まいにおいて密通に及んだのでござる」

彦三郎は一息に言ったが、今しがたまで目の前にいた芳乃の面影《おもかげ》が頭をよぎり、口舌《こうぜつ》が乱れた。

栄三郎はそれを見てとり、

「本来ならば重ねて四つに斬るべきところを、大倉殿はお許しになられた。しかし、そのような二人をもはや家には置いておけぬ。と言って、駆け落ち者を許すこともできず、両人を死んだことにして逃がされたのですね」

彦三郎が言い辛《づら》い事柄を、栄三郎は己が調べと推測を交え問いかけた。そして、どのような所を見て彦三郎が留七を女敵《めがたき》として取り押さえたかは訊かなかった。

「お察しの通りにござる……」

彦三郎は栄三郎の言葉のひとつひとつに相槌《あいづち》を打って、その配慮に感じ入った。

主君・片貝外記一政は潔癖を謳《うた》われた人で、そのような密通に関わることが少しでも耳に入れば、追手をかけてでも二人を殺せと言うであろう。

それを知るゆえ彦三郎は、翌朝まず二人を勝手門からそっと外へ出し、墓参に行った体《てい》にした。さらに続いて自分も屋敷を出て二人を根岸《ねぎし》の村の出作り小屋に潜《ひそ》ませ、片貝家に出入りする北町奉行所同心にすべてを打ち明け、知恵を求めた。

二年前に病没してしまったが、その同心は臨時見廻りの古手の者で、家中の士が町場で問題を起こした時に、うまく取りはからってもらうよう日頃より彦三郎が付け届けを欠かさず、交誼《こうぎ》が深かった。

人情家の同心はすべてを自分の胸一つに収め、ちょうどその日に大川橋の橋桁が落下し、渡し船が沈み、乗り合っていた数人の者が川へ投げ出された事故が起こっていたので、この中に大倉彦三郎の妻と従者が含まれていたことにしてくれた。

彦三郎は二人に町人の着物と当座の路銀、通行手形などを用意してやり、二度と江戸へ戻ってくるなと言い含め、旅へ出したのである。

「人の好いのにもほどがあると思われましょうが、わたしは二人を殺せなんだ……」

密通は、夜中に納戸でひっそりと身を寄せ合う二人の姿を彦三郎が見てしまったことで発覚した。

彦三郎が問い詰めるとただ無言で平伏する留七の横で、芳乃があっさりと、留七と密通に及ぼうとしたと認めた。

「すべてはわたくしが仕掛けたことゆえ、どうぞ留七の命だけはお救い下さりませ」

この言葉に留七は、

「いえ、芳乃様に罪はございりませぬ。わたしが身の程もわきまえず、懸想《けそう》致したのでございります。このままでは芳乃様にも旦那様にも風聞《ふうぶん》が悪うございます。どうぞ、この留七に不届きの段があったとお手討ちになされて下さりませ……」

涙ながらに訴えた。

妻と、至って忠実な家人の密通を知った上に、その二人が目の前で互いの命請《いのちご》いをする――。

当人同士にとっては、それが精一杯の人としての誠意なのであろう。

しかし、妻を寝盗られた男にとって、その光景は何よりも腹だたしい。まさしく、二つに重ねて四つに斬ってしまいたい衝動にかられるものである。

「しかし、某は何やら妻が哀れに思えてならなんだ……」

思えば、芳乃がはっきりと自分の意志を彦三郎に伝えたのは、それが初めてであったような気がする。

片貝家の分家用人の娘で、親同士に決められた、ごく当たり前の武家の婚姻であった。

祝言《しゅうげん》をあげるや、彦三郎は父の跡《あと》を継《つ》ぎ、台所事情の苦しい主家の用人として、多忙な日々を過ごした。

当主・外記に重用《ちょうよう》され、それを栄誉と一筋に勤めたのだ。

芳乃は何も言わなかった。時折習い覚えた〝波の鼓《つづみ》〟を打つ他は、ただ夫の日常を見守り、身の回りの世話をして、一切《いっさい》口を挟まなかった。

芳乃がなかなか懐妊の兆《きざ》しなく、夫婦となって五年が過ぎても子が授からぬと見るや、彦三郎は同じ家中の番頭《ばんがしら》の家に嫁《とつ》いだ姉の次男を我が養子として迎え入れたが、この時もあなた様のよろしいようにと異を唱えることなく、謹《つつし》んで養母となった。

だが芳乃は、心の奥底で色々なことを叫んでいたのであろう。子が授からぬのも夫が勤め一筋で、なかなか閨《ねや》を共にすることもないからだと恨《うら》み言《ごと》のひとつぶつけたくとも、一事が万事《ばんじ》、彦三郎のすることに誤りはなく、勤め一筋であるだけに口を挟む隙間がなかったのだ。そして無聊《ぶりょう》の日々を芳乃はただ〝波の鼓〟を打つことで気を晴らしていたのであろう。

彦三郎はというと、忙しさに紛《まぎ》れ、芳乃という女がどのようなことを考えていて、いかなる味わいがあるのかなど、まったく思いやることがなかった。

「某は妻の密通という一事に触れ、初めてそのことに思い当たったのでござる」

留七だけは、芳乃が内包するいいしれぬ孤独と、女としての煩悶《はんもん》に気づいていたのであろう。

留七は片貝家の知行地がある伊豆《いず》の百姓の三男坊で、金の調達に彦三郎が知行地に年貢《ねんぐ》の前納を求めに行った時、実直で腕力の強い留七を家の小者に召し、以後重用することになる。

知行地にいた頃は穀潰《ごくつぶ》しの三男坊で居所がなかった留七は、他人の孤独に敏感であったのだ。それを畏れ多くも主人の妻に見出した時、美しく気高《けだか》き芳乃に親しみと憧《あこが》れを抱くようになったのかもしれない。

人は想えば想われるものだ。

ある眠れぬ夜——庭へ出て夜風に当たり、体の火照《ほて》りを静める芳乃の姿を認め、何事かと留七は彼女の身を案じ、傍《はべ》へと侍った。

そこから魔がさしたのであろう。芳乃は気がつけば留七の厚い胸板に切なく顔を埋《うず》めていた……。

「某は武家の習いとして女敵を討ち、不義の妻を手討ちに致さずとも尼《あま》にさせねばならなんだ……。さりながら、ここでこの二人の生涯を決めてしまう己はいったい何者なのであろう。神なのか、仏なのか、ただ悪逆非道の暴君なのか……。妻の心の内さえ見通せなんだ情けなき男ではないか。そのような者が、生きていれば幸せを得られるやもしれぬ二人の命運を閉ざしてしまってよいものか……。左様に思われ、気がつくと妻と留七に、逃げよ、生きて二人で幸せを摑《つか》むのだ……そう申していたのでござる」

彦三郎は語り終えて、ほっと一息吐いた。

秘事は人に打ち明ければ打ち明けるだけ、肩にのしかかった重荷が軽くなっていくが、それも相手によりけりである。

秋月栄三郎には殊《こと》の外《ほか》すらすらと言葉が出た。二人の命を助けた功徳《くどく》がこの男との出会いをもたらしてくれたのであろうか。

そう思うと晴れやかな気持ちになった。

「御用人は、素晴らしい御方にござりまする」

栄三郎は大倉彦三郎に持てる限りの賛辞を贈った。

「何の情けなきことがございましょうや。己が怒りを抑え、命を懸けて妻と奉公人を逃がしただけでなく、かつて世話になりながら六年もの間、不義理を致しておった渡り中間との邂逅を喜ぶ……。秋月栄三郎、感服仕りましてございまする。かくなる上は、何としても御用人の御役に立ちとうござりまする……」

「忝い……」

彦三郎はしっかりと頭を下げた。

「まず、最前まで芳乃殿がこれにて何を訴えようとしていたかを、お聞かせ願えませぬか」

「承知致した」

「まずその前に……」

「何でござろう……」

「河岸を変えましょう」

「一段とようござる……」

彦三郎の顔に笑みが戻った。

五

その夕――。

新鳥越町の旅籠、〝岩しろ〟の一間では、芳乃と留七が険悪な表情で向かい合っていた。

今日の外出を留七が問い質《ただ》したところ、芳乃はこれを包み隠さず答えた。

これに男としての矜持《きょうじ》を汚された留七が、やりきれぬ想いをぶつけたのであった。

夫婦となって五年。

想い合っているなら立派にその恋を成就させろと言われ、これ幸いと芳乃を連れて旅に出た留七ではない。

主によって見出された自分が、命をもって償《つぐな》わねばならぬ罪を犯したのだ。

当然、御手討ちに遭《あ》うことを望んだ。死んで芳乃への思慕《しぼ》を果たそうと思った。だが、芳乃を生かすも殺すもお前次第であると彦三郎に言われ、何としてもそれだけは果たさねばと、この五年、芳乃を守ってきたのだ。

それなのに、己が命を救うために、芳乃はあろうことか、二度と会えないはずの彦三郎に金の無心をしに行ったとは――。

「どうしてそのようなことを……、おれの面目は丸潰れだ。旦那様はきっと、留七は不甲斐《ふがい》のねえ奴だと……」

「何と思われても構いはしない。わたしの旦那はお前なんだ。わたしはお前の命を守るためなら何だってするよ」

「何もおれが死ぬと決まったわけではない……」

「死ぬよ！　お前はあの居合抜きで真っ二つさ。親分がお前に助っ人を頼んだわけじゃなし、どうして江戸へ出てこなきゃあいけなかったんだ」

「命を救ってくれた親分の身が危ねえと知りゃあ、黙っていられねえのが男の意《い》気地《くじ》だ……」

小塚原の仁吉の報せを受けて、俄に江戸へ出てきた留七こと文七を、

「お前、わざわざ噂《うわさ》を聞いて助っ人に来てくれたのかい……」

堀川の良五郎は手を取って喜んでくれた。

「だが、気持ちだけ貰っておくよ。江戸見物が済んだら佐野へ帰《けえ》んな……」

そして芳乃の前でそう言ってくれた。

だからといって、留七は帰るわけにはいかなかった。

「武家の義理から渡世の義理かい……。男というものは、ほんに愚《おろ》かな生き物だこと……」

芳乃はすっかりと板についた町の言葉でわからぬと言う。

「おれが死ぬことがあっても、おまえの身は、その渡世の義理が守ってくれるのだ」

芳乃は黙りこくった。

おまえを守る——その言葉ばかりを留七は芳乃に告げてきた。

留七はいまだに御主《おしゆう》の妻として自分のことを見続けているのか。

「おれと一緒に死んでくれ……」

なぜその言葉を投げてはくれぬのか。

その言葉が体の内から湧き出たが、芳乃はそれをぐっと呑みこんだ。

脳裏に相変わらず立派で優しい元の夫の面影が浮かんだからだ。

留七の命を救うために金を借りに行ったが、本心では彦三郎に逢《あ》いたかったのではなかったのか——。

留七の女房となった今も、彦三郎のことが気になる身を恥じると、今日はもはや何も言えなくなった。

「わかっておくれ……」

留七はそれを自分の想いが通じたと理解し、

「二度と今日のような真似はしないでくれ……」

優しく芳乃の肩を抱いて部屋を出た。

——所詮、夫というものは、妻の本心などわかりはしない。

芳乃は小さく肩を落としたが、今になって大倉彦三郎に愛《いと》しまれていたことを思い知らされたような気がして、その胸の昂揚《こうよう》をもまた、芳乃の女の体の奥底に呑みこんだ。

——これは留七の奴め、動き出すな。

隣《となり》の布団《ふとん》部屋の中で、この暑い中、布団に埋もれるようにして薄い壁に聞き耳をたてていた岸裏伝兵衛が呟いた。

今日の昼、芳乃の後を栄三郎と共につけた伝兵衛は、芳乃が大倉彦三郎と密会したことを知り、一日中芳乃の動きを追っていたのだ。

今日の外出について留七と一悶着《ひともんちゃく》があるのではないかと見当をつけ、伝兵衛は布団部屋の中で息を殺したのだが、このままでは留七の男の一分《いちぶん》が立たないのは明らかであった。

芳乃が大倉彦三郎と会った事実を知れば、留七は少しでも早く江戸を発《た》とうとするであろう。

——ということは……。

伝兵衛の予想はまさしく的《まと》を射ていた。


翌夜のことである。

千住大橋の袂《たもと》に、旅笠に廻し合羽《がっぱ》、道中差《どうちゅうざし》を帯びた渡世人風の男が佇《たたず》んでいる姿が見られた。

この男と立ち話をしている一人の男もまた、手拭《てぬぐ》いで頰かむりをして、手には傘《からかさ》を携《たずさ》えた勇み肌——。

「仁吉の兄ィ、とにかくおよしのことを頼んだぜ」

「ああ兄弟、任せておけ。必ず旅先で落ち合えるようにしてやらあ」

「ありがてえ……」

「だが文七、やはりお前を一人で行かせるわけには……」

「おれの好きなようにさせてくれ。親分に何のお返しもできねえままじゃあ気が済まねえ。それに、色々理由があって、江戸にも長くいられねえのさ」

旅の男は留七こと佐野の文七で、頰かむりは堀川の良五郎の乾分・小塚原の仁吉である。

山谷の鮫三の横暴は止《とど》まるところを知らなかった。

昨夜も身内の若い衆が、道林寺《どうりん》の境内《けいだい》に露天で開帳されていた賭場を咎《とが》めたところ、鮫三の若い衆に袋叩きにされた上に、駕籠《かご》に乗せられ〝岩しろ〟に届けられた。

この挑発にはさすがに良五郎も怒気を浮かべ、一人仏間に閉じ籠もったという。

「いよいよ親分の堪忍袋の緒が切れたようだぜ……」

乾分達は喧嘩仕度《じたく》を始めたが、良五郎の身に何かがあっては留七の義理が立たない。

「親分が出ていく前に、奴らを痛い目に遭わせねえといけねえ……」

山谷の鮫三は、二日に一度は千住大橋を渡り、千住の亀六に御機嫌伺《うかが》いをするらしい。帰りはほろ酔い気分であるそうな。

「おれが斬ってやるぜ。敵の大将を討てば戦《いくさ》には勝つ。野郎、近頃はなめきって、用心棒を連れずに歩いてやがるそうだ。必ずおれが……」

留七は鮫三一家の者には顔を知られていない。斬った後も、堀川一家としては知らぬ存ぜぬを通すこともできるであろう。

「兄弟、死ぬんじゃねえぞ」

「ああ、くれぐれもおよしのことを……」

仁吉は力強く頷くと、その場を小走りに去った。

その直後、千住大橋の向こうから、乾分二人を従えた山谷の鮫三がほろ酔いに浮かれながらやって来るのが見えた。

留七はその場に屈《かが》み込み、草鞋《わらじ》の紐《ひも》を結び直すふりをして鮫三達をやり過ごすと、路地へと走った。

細い路地を抜けると百姓地の畦道《あぜみち》へと出る。

千住大橋に続く大通りは奥州《おうしゅう》街道へと繋《つな》がる道筋で、小塚原町の町屋を過ぎると、この百姓地にさしかかる。

留七は百姓地へと先回りし、草叢《くさむら》の陰で待ち伏せ、この人気《ひとけ》のない道で鮫三を襲うつもりなのである。

留七はまんまと草叢に潜んだ。

睨《にら》んだ通り、山谷の鮫三が連れているのは間抜け面《づら》した乾分が二人だけである。

――来やがった。

鮫三がうたう調子外れの流行歌《はやりうた》が聞こえてきた。

草叢の陰から乾分が灯《とも》す提灯《ちょうちん》の明かりが見え、鮫三の赤ら顔をはっきりと照らした。

ここぞと留七は、ぬっと三人の前に姿を現して左手で笠を上げてみせた。斬りつける前に、堀川の良五郎の乾分ではないと顔を見せておく必要があったのだ。鮫三は殺しても、乾分は殺さず、見たことのない奴だったと後に伝えさせねばならない。人目を忍んで生きる留七が顔を売る――それは人生最大の勝負であった。

いきなり現れた旅の男に怪訝《けげん》な面持《おもも》ちで、三人は留七の笠の下の顔をまじまじと見た。

その刹那《せつな》――。

「鮫三！　あん時の恨みだ。覚悟しやがれ！」

ありもしない恨みを告げて、あくまでも堀川一家と無関係を装い、留七は襲いかかった。

「や、野郎……」

慌てて乾分二人が懐《ふところ》に忍ばせた匕首《あいくち》で応戦したが、留七は片貝邸の武芸場で小太刀《こだち》の稽古を授けられている。

道中差を抜くや、乾分の一人の足を払った。

「うわッ……」

乾分は脛《すね》を斬られてもんどりうった。

その勢いでもう一人は足を取られ、転んだところを留七に踏みつけられた。

「て、手前《てめえ》……、おれに何の恨みがあるってんだ」

気を呑まれたがそこは鮫三も荒くれの親分である。仕込みの杖《つえ》を抜き放つと留七に斬りつけた。

「野郎！」

留七はそれを道中差で払うと、ぴたりと右手ひとつで小太刀の構えを決めた。

しかしそこへ──向こうの道から猛烈な勢いで走ってくる浪人の姿を留七は認めた。

──しまった。

その浪人はあの凄腕《すごうで》の居合抜きを遣う用心棒であった。

用心棒を侍《はべ》らせて歩くのも無粋《ぶすい》である。しかしこのようなこともあろうかと、鮫三は一定の間合をあけて警護させていたのだ。

気が逸《はや》って留七は、これに気付かなかった。

用心棒はたちまち迫ってきた。抜き打たれれば相手は達人である。少し習い覚えたくらいの小太刀の技など役には立たない。

「くそ……！」

留七は百姓地の方へと逃げ出した。

「待ちやがれ！」

用心棒の力を得て、鮫三は仕込みを振るって追いかけた。乾分一人もこれに続く。

しかし、畦道へと所を移したのが誤りであった。暗闇の中、足下《あしもと》が覚束《おぼつか》なく、留七は道の窪《くぼ》みに足をとられてよろめいた。

「覚悟しろ……」

たちまち追いついた用心棒の乾いた声が闇中に響いた。

――これまでか。

敵《かな》わぬまでも斬りこんでやろうという気構えを留七が見せたその時であった――。

「そこを退《ど》け!」

太く律々《りり》しい声が留七に投げかけられた。

暗闇から顔を頭巾《ずきん》で覆《おお》った一人の浪人が駆けつけ、用心棒と留七の間に割って入った。

「おのれ何奴!」

用心棒は構わず手練《しゅれん》の一刀を新手《あらて》の浪人にくれた。

目を見張るような居合抜きに、浪人の体は真っ二つにされると思いきや――。

「うむ!」

と浪人が抜き放った大刀がこれを難なくはねあげたかと思うと、二の太刀《たち》を峰に返し、用心棒の肩を丁《ちょう》と打った。

用心棒は格段に強いこの浪人に信じられないという表情を浮かべ、その場に崩《くず》れ落ちた。

強いはずである。

この頭巾の浪人は松田新兵衛である。

いきなり現れた鬼神のごとき男に鮫三と乾分は驚愕《きょうがく》したが、さらに二人の頭巾の浪人が現れて、一人は鮫三と乾分を峰打ちに倒し、もう一人はなおも体勢を立て直さんとする用心棒の頭上すれすれに、

「えいッ！」

という気合諸共に白刃《はくじん》をぴたりと振り下ろした。その凄《すさ》まじい刃筋は岸裏伝兵衛によるものである。腕ある者は腕ある者を知る——用心棒は観念してまるで動けなくなった。

「用心棒をするのはおぬしの勝手だが、相手を選ぶがよい。居合の腕が泣くぞ。さあ、行くがよい」

用心棒は諭しとも脅しともつかぬ言葉をかけられ、大きく頷くと走り去った。

自分より段違いに強い武士が一人ならず二人までもいて、敵の味方をしているとは——これではやくざの助太刀《すけだち》をするのにまるで割が合わないと思い知ったのである。

これほどまでに相手に敗北感を与えられるのは、岸裏伝兵衛、松田新兵衛が二人揃《そろ》ってのことである。

ほくそ笑みつつ峰打ちで両膝《ひざ》を打ちすえ地に這《は》わせた山谷の鮫三を見下ろして

いる三人目の覆面《ふくめん》は、言わずと知れた秋月栄三郎である。

「お前の命は助けてやるが、千住の亀六に言っておけ。いつまでも欲をかいていると、必ず命を貰いに行くとな……」

「へ、へへい……」

鮫三はほとんど声も出ずに、何度も首を縦《たて》に振った。

「よし、お前もこの辺りにいるとそのうち命が危ねえぜ……覚悟しておけ……」

栄三郎はそう言い置くと、畦道の端で虚仮《こけ》のように立ち竦《すく》んでいる留七の傍へ寄って、

「留七……、ついて来い……」

と、耳許《みみもと》で囁《ささや》いた。

いきなり昔の名を告げられ、留七はさらにうろたえて、

「お、お侍さん達は……」

「好いから来い」

「へい……」

圧倒的な腕を持ちながらも誰一人殺さぬ、この三人の覆面浪人が放つ温かい気に触れ、留七は素直に従うことができたのである。

六

それから留七は〝岩しろ〟を訪ね、何としてもおよしを守ると旅籠に詰めていた仁吉を呼び出し、

「命までは奪《と》らなかったが安心してくれ。もう明日から、鮫三達はおとなしくなるはずだ……」

そう告げると、すぐに旅に出る、くれぐれも親分によろしく伝えてくれと言い置いて、芳乃を連れて今戸《いまど》橋の袂から船に乗り、そそくさと浅草を後にした。

何のことやらわからずに目をぱちくりとさせるばかりの芳乃であったが、船には武士一人と町の男二人がすでに乗っていて、彼女を温かく迎えてくれた。

その武士というのは旅籠に泊まり合わせた仏師の知り人で、何度か旅籠に訪ねてきた折に顔を合わせたことがあった。

「秋月栄三郎でござる。この二人のことを覚えてはおりませぬかな……」

その武士に紹介され、町の男二人は懐かしい表情を浮かべて芳乃を見た。

「あ、あなたたちは……」

「又平さんと、駒吉さんだよ……」

あっと思い当たった芳乃に、間髪《かんはつ》を容《い》れずに留七が告げた。

「その折はお世話になりました……」

又平が言うと、横で駒吉が頭を下げた。

船頭の手前、余計なことは言わず、二人は何度も頷いた。

「まずこれを読むが好い。おれもさっき、秋月先生から渡されて読んだところだ……」

そうして留七は、一通の書状を芳乃に渡した。その目には涙が浮かんでいる。

今日、留七に何が起きたのかはっきりとわからぬうちに、芳乃はこの船に乗った。

しかし、ここにかつて大倉彦三郎が贔屓《ひいき》にしていた渡り中間の二人がいる上は、自分が彦三郎を訪ねたことの応えがその文にあることは窺い知れた。

書状に目を通すと、懐かしい彦三郎の手で、およし、文七宛に文《ふみ》が認められてあった――。

およしに告ぐ、男の一分は銭金で買えぬ時もある。此度《こたび》の文七の仕儀は天晴《あっぱ》れのことと察するが好い。

文七に告ぐ、義理を果たした上からは、いつまでも浮世のしがらみに縛られることなく、己が妻に向き合うべし。妻なる者、自らその正体を表すことのなき魔物とこそ思うが好い。

この彦三郎もまた、川に沈みし亡妻の意を今となって知るものなり。我が身の来《こ》し方《かた》を顧《かえり》みるに、恥じ入ること真にもって多けれど、今も誇りに思いしは、あの日二人の男女の生命を助けしことなり。

その方ら夫婦のことは、かつて御家に臨時雇いにて奉公に来ていた又平、駒吉両人の縁により、思いもよらず交誼を結んだ秋月栄三郎殿に万事を託したゆえ、委細《いさい》指図の通り立ち回り、江戸を離れ、また新たなる日々を過ごし、添いとげるべし。それが定めと思い知るべし……。

文にはそのように綴《つづ》られていた――。

芳乃の瞳からどっと涙が噴き出した。

その瞬間、芳乃はおよしという一人の女に生まれ変わった。

そして留七は文七となって、およしを御主の妻ではなく、心底惚《ほ》れた一人の女として、どこまでも添いとげてみせると新たな覚悟を決めた。それが定めと心に誓って……。

「文のこと、委細胸の内に呑みこまれたかな」

二人の様子を見て、栄三郎が静かに言った。

夜船の中、行灯《あんどん》の明かりにぼんやりと浮かんだおよし、文七の顔が神妙に縦に揺れた。

「ならば、もはやこの文は不用だな……」

栄三郎は船に積まれた煙草盆に文をくべ、これを丁寧《ていねい》に燃やした。

俄に船上は明るくなり、又平と駒吉の笑い顔が闇に浮かんで、およし、文七は顔を見合い、ほのぼのと笑った。

「委細、忝《かたじけの》うござった……」

「いえ、これはまあ、わたしのお節介というものでして……」

「いや、秋月殿がおらなんだら、某はどうしてよいかわからず、大変なことになっていたやもしれぬ。又平、駒吉、そなたら二人にも助けられた。礼を申すぞ……」

二日後の昼下がり――。

浅草石清水八幡宮門前のそば屋〝だいご〟の二階座敷に、再び秋月栄三郎、又平、駒吉を招いて酒を楽しむ大倉彦三郎の姿があった。

一旦、鉄砲洲《てっぽうず》の船宿に入ったおよし、文七は、改めて芳乃と留七という名を捨て去って、西へと旅立った。

慣れぬ町の女房となっての旅暮らしに難渋《なんじゅう》した五年前と違い、およしの足取りは軽くしっかりとしていた。

心ならずも生きるために渡世の道へと身を置いた留七が、新たに堅気《かたぎ》の男・文七としてこの先を生きてみせると誓っての旅立ちであった。

秋月栄三郎は、又平、駒吉を連れて汐留橋《しおどめ》まで二人を見送った。さらにこれに岸裏伝兵衛が加わった。

伝兵衛は先だっての将棋指し・桂次郎の一件の借りはこれで返したぞと栄三郎に頬笑むと、

「さて、出来あがった……。これを餞《はなむけ》に進ぜよう」

と、見事に彫りあげた観音像をおよし、文七に手渡して、二人を大いに喜ばせたのであった。

伝兵衛に従い、今度の一件を手伝った松田新兵衛はというと、

「何故不義者に至れり尽くせり、見送りまで致さねばならぬ。栄三郎、お前は馬

鹿だ。このようなことに岸裏先生まで巻きこみよって……」

相変わらず、男と女の情の機微をも含めて一刀両断に斬り捨てた。

もちろん見送りには来なかったが、堅物《かたぶつ》もここまでくれば痛快である。

「もしや、御用人も見送りに行かれるかと思いましたがそれはさすがに……」

「はッ、はッ、秋月殿、某もそこまで人が好うはござらぬわ」

寝盗られた妻と女敵を見送る馬鹿はいないと彦三郎は笑ってみせたが、今思えば、あの時二人はただ身を寄せ合っていただけではなかったのか、あの場を目撃したのは自分一人——見て見ぬふりはできなかったのか。

あれからずっと心の奥底にひっかかっている自分への疑問を、彦三郎は栄三郎に投げかけてみたい衝動にかられた。

手討ちにすることもできず、と言って一瞬の妻と奉公人の気の緩《ゆる》みを許すこともできず、二人を放逐《ほうちく》したあの日の自分にも魔がさしていたのだろうか。

恐らくこの秋月栄三郎ならば、その答えを持っているだろう。

たとえば、

「人というものは、なぜあの時あんなことをしてしまったのか、あんなことを口走ってしまったのか……。そういうことの繰り返しではありませんかねえ。そんなことで失う縁があったとしたら、それは新しく出来る縁のために、やむを得ないことなのではないでしょうか」

そんなことを答えてくれるに違いない。

そうだ、縁とはそういうものだ。

「時に秋月殿、又平と駒吉にも聞いてもらいたい。少し前から某に後添いを貰わぬかと声がかかっているのだが……」

大倉彦三郎は忙しさにかまけ生返事をしたままでいる己が縁談を思い出し、ふと口にした。

「そいつはおめでてえことでございますねえ」

「どこのお人でございますかい」

又平と駒吉が声を弾《はず》ませ、身を乗り出した。

「古き縁が去り、新しき縁がやって来る……。これはさぞかし良縁でござりましょう」

栄三郎がしみじみと言った。

――ほら、やはりそう言ったぞ。

彦三郎はニヤリと笑った。

久しぶりに覚える浮《うわ》ついた気分が何とも心地好く、御用繁多でくたびれていた彦三郎の五体に力を漲《みなぎ》らせた。

よくぞ浅草奥山で芳乃の姿を見つけてくれたものだ——。

彦三郎は又平と駒吉に改めて感謝の目を向けると、少しもったいをつけて盃《さかずき》の酒を口に含んだ。

「新しき縁は良縁でござるかな……」

「いかにも」

驚くほど若やいだ声へと変じた彦三郎の口許《くちもと》を、栄三郎は少し驚いたように見た。

「いやいや、これが当家の家老の娘御でござってな。その家老と申す御方に某はなかなかに気に入られていて、某が五年前に妻を亡くしてよりこの方、いつか折を見てその娘御を某の後添いにしようなどと思うておられたのだそうで……。まったく御奇特な御方でござるな。はッ、はッ、その娘御というのは親に似ず器量好しでござってな……」

そば屋の二階の窓から大川が見える。

今日の彦三郎には水の上を行き交う者達の姿が、遠目にどれも躍《おど》っているように見えた。

第四話

海より深し

一

「ようし、皆、随分《ずいぶん》と字が上手になったな。今日はこれまでだ……」

秋月栄三郎が号令をかけて、この日も手習いは終わった。

〝手習い道場〟に通う子供達は五十人いるが、手習い師匠が醸《かも》す自由闊達《かったつ》な気風に染まって、皆一様に手習いが終わると満面の笑みを浮かべ、これから遊ぶ子供も親の手伝いに帰る子供も、生き生きとして愛らしい。

幼い知恵を振り絞《しぼ》って、小さな体を躍動させて、何かに夢中になる子供達の姿ほど美しいものはないと栄三郎は思う。

柄にもないと思いつつ、剣で身を立てる意志を失《な》くし、身の方便《たつき》を立てるために、手習い師匠となって四年――栄三郎はつくづくと、前任の宮川九郎兵衛《みやがわくろべえ》がこの仕事を自分に勧めてくれたことに感謝していた。

「先生、さようなら！」

「又さん、さようなら！」

子供達は口々に叫ぶように挨拶《あいさつ》をして帰っていく。

うかうかしていると捉《つか》まって小言を喰《く》らうから、皆逃げ足が速い。

しかし、いつまでも手習い道場にいて、ぐずぐずとしてなかなか帰らない手習い子が一人いる。

南紺屋町《みなみこんやちょう》にある油屋・和泉屋繁治郎《いずみやしげじろう》の息子・公太郎《こうたろう》である。

公太郎は九歳になるが、栄三郎の許《もと》へ通ってくるようになったのは今年の二月初午《はつうま》からであった。

和泉屋繁治郎が我儘《わがまま》でひ弱な息子の将来を案じて、日頃懇意《こんい》にしている田辺屋宗右衛門に相談したところ、この手習い道場への入門を薦《すす》められてのことであった。

懇意にしているといっても、田辺屋は父親の代から油を入れさせてもらっている上得意で、繁治郎は宗右衛門を大いに尊敬している。

すぐに宗右衛門の薦めに従ったというわけだ。

この手習い道場の地主である宗右衛門の声がかりとなれば、栄三郎にも是非《ぜひ》はない。このところ手習い子の数が増えてきて、新たな入門を規制しようかと又平と相談していたのだが、公太郎を受け入れた。

「まったくうちの倅《せがれ》は、我儘で臆病者で、気に入らぬことがあればすぐに投げ出してしまいます。どうか秋月先生、色々御迷惑をおかけするやもしれませんが、お見捨てになられませぬよう、何卒《なにとぞ》よろしくお願い申します……」

和泉屋繁治郎は栄三郎に挨拶に来た時、縋《すが》るように言ったものだ。

「心配は御無用に。子供というものは総じてそのようなものですよ」

栄三郎は慰《なぐさ》めではなく、心底そう思っていることだと応《こた》えた。

そして一つ年長の太吉《たきち》と三吉《さんきち》に、

「慣れぬ所に通うというのは何やら怖いものだ。お前ら二人がしっかりと面倒見てやれ」

まずそう言って、手習い道場に慣れるようにしてやった。

見た目には行儀も好《よ》く、学力も身につけていたし、誰かと喧嘩《けんか》をすることもなかった。

栄三郎は、他人の物を盗むこと、弱い者を苛《いじ》めること、約束を破った上に開き直ること、この三つさえなければ子供を叱《しか》りつけたりはしないのが信条である。

のんびりとした手習い所の様子も公太郎には性《しょう》が合ったか、休まず通ってきた。

それでも面倒を見てやれと言いつけた太吉と三吉は、早々と公太郎の世話役を返上した。

「先生、おれは嫌ですよ。公太《こうた》の奴《やつ》、何を考えているかまるでわからない……」

と、太吉が言えば、

「あいつ、おれたちと遊ぶのを怖がるんだ……」

と、三吉もちょっと大人びた様子でこれに相槌《あいづち》を打ったものだ。

太吉は裏の〝善兵衛長屋〟に住む大工・留吉《とめきち》の倅で、三吉は同じく左官・長次《ちょうじ》の倅である。

留吉も長次も、手習いが終わった後のこの道場に、時折剣術を習いに来る物好きの一人であり、筆職人・彦造《ひこぞう》の倅で一番年長であった竹造《たけぞう》が父の跡を継《つ》ぐべく見習いに出るようになってから、太吉、三吉は手習い子の中で幅を利《き》かせ始めている。

だからこそ二人に公太郎の世話を頼み、二人も父親譲りの人情で快《こころよ》く引き受けたのだが、そこは子供である、相撲《すもう》や追いかけっこ――ちょっと荒っぽい遊びを控えてまで公太郎にお節介を焼くほどの堪《こら》え性《しょう》がないのも仕方がない。

別段誰かがからかったり苛めたりしている様子もないし、和泉屋の方では毎日手習いに通うようになったことを喜んでいるというので、栄三郎としては様子を見ているところなのだ。

「公太郎、お前そんなにぐずぐずしていると、いざって時に逃げ遅れるぞ」

身仕度《みじたく》をするのに手間取っている公太郎を見かねて、栄三郎が言った。

「いざって時……？」

公太郎は少しおどおどとした目を向けてきた。

「たとえば、火事があって火が近付いてきたり、怖い奴らが襲ってきた時だよ」

栄三郎は怖がらせるように身振り手振りを交えて言ったが、

「そんな時はあきらめます……」

存外に冷めた応えが返ってきた。

「諦《あきら》める？」

「人はいつか死んでしまうのでしょ……」

そう言い置くと、公太郎はぺこりと頭を下げて手習い道場を出た。

「又平……」

「へい……」

「ただおっとりしているのかと思ったが、公太郎の心はちょいとばかり病んでいるな」

「へい、そのようで……」

栄三郎と又平は公太郎を見送りつつ、溜息《ためいき》をついた。

「あの子がどうかしたのかい……」

その時、入れ替わりに南町同心の前原弥十郎が入ってきた。

「なんだ、旦那《だんな》ですかい……」

「またおれを見て、〝なんだ〟って言いやがったな……。まあいいや、気をつけてやんな、子供ってものは無邪気なことを言っているかと思うと、いきなり徳の高い坊さんが言うようなことをぬかしやがる。だがやはり、子供は子供ってものでな……」

弥十郎の蘊蓄《うんちく》は今日も絶好調である。従妹《いとこ》の梢との縁組も調《ととの》い上機嫌であるゆえになおさらだが、この男の口だけは早々に塞《ふさ》ぎたいものだ。

「それで、梢殿との婚礼はいつになったのです?」

栄三郎は冷やかすように口を挟んだ。

「梢……?　婚礼……?　おいおい、そんな照れることを言うんじゃねえよ……」

弥十郎はたちまち蘊蓄を語るのをやめて、照れ笑いを浮かべると、固太りの体をもじもじとさせた。

今、弥十郎を黙らせるのはこれに限るのだが、この気持ちが悪い〝もじもじ〟を見ていると、今からでも遅くはないから嫁入りを考え直せと梢に言いたくなってくる。

「ヘッ、ヘッ、婚礼が近《ちけ》えとなりゃあ旦那、お手柄のひとつもあげねえといけませんねえ……」

又平がおだてながら、早く持ち場に戻れと水を向けた。

「手柄か……。これがなかなか厄介でな……」

弥十郎は持った扇《おうぎ》で肩をぽんと叩《たた》いた。

「道楽者って奴は、どうしてこう物を集めたがるんだろうなあ……」

今度は勤めの話となった。こういう話を聞くのは〝取次屋〟としては悪くない。

どうやら弥十郎は、このところ江戸に御禁制の品が出回っている節があるとの情報を得て、この探索にあたっているらしい。

今年に入ってから抜け荷、盗品の運び屋である裏飛脚《うらびきやく》の儀兵衛《ぎへえ》が捕縛されて、一旦は禁制品の流通が止まったかと思いきや、裏飛脚の壊滅によって逆に運び屋の縄張りや統制がなくなり、食い詰めた浪人や遊び人、無宿者達が誰でもこの仕事に手を出し始め、かえってこの手の犯罪が増えたという。

特に宝石や薬品の流入は、物が小さいだけに運びやすいので、なかなか探索が難しい。

運ぶ方も需要があるゆえに手を染めるわけだし、異国から抜け荷を求める好事《こうず》家《か》は当然財力があるわけだから、金に物を言わせてあらゆる追及を逃れることも可能なのである。

「手に入らねえものを、何とかして手に入れたくなるのが人ってもんでしょう」

禁制の品のことなど、取次屋にさして関わりのあるものではなかろうと察して、栄三郎は話をまとめにかかった。

「うむ……、栄三先生の言う通りだ。そう考えると何だな。金で買えねえ物はねえようだが、いくら金があっても子宝は授からねえ。だから子供は生まれてきただけでも価値があるってもので……」

弥十郎の話はまた子供に戻ってくる。

「旦那の子を、梢殿はいつ産むんでしょうねえ」

栄三郎はすぐに梢の話に持ちこむ。

「な、何言ってるんだよう。梢がおれの子を産むなんて、そんな恥ずかしいことをお前、見廻《みまわ》りの中《ちゅう》に言うんじゃねえよ。はッ、はッ、まあ、江戸にはおかしな連中がうろついているから、子供達にはくれぐれも気をつけさせてくんな。邪魔したな……」

弥十郎は扇で己《おの》が赤くなった顔をせわしなく煽《あお》ぎながら去っていった。

栄三郎はうんざりとした表情で見送りながら、

「又平……」

「へい……」

「江戸におかしな連中が入ってきているんだとよ」

「そのようで。子供達に用心するようにって伝えておかねえといけませんねえ」

「ああ、子供は生まれてきただけで価値があるってもんだからな……、はッ、はッ、はッ……」

「ヘッ、ヘッ、ヘッ……」

いったいあいつは何が言いたくて入ってきやがったんだ、子供達が帰ってから言ってきたところで仕方があるまいと、栄三郎と又平は笑い合った。

しかし——一見いかにも間の悪い、いつもの前原弥十郎の出現ではあったが、江戸の方々にはおかしな連中がいて、子供は気をつけねばならないという彼の訓示は、確かにこの時点では的《まと》を射ていたのである。

手習い道場からほど近い、京橋川の河口にある湊稲荷《みなといなり》の社《やしろ》――。

諸国から江戸へ来る商船は普《あまね》くこの社の前に停泊をしたというから、ここから見る江戸湾は壮観であったことであろう。

さらにこの社の内には富士が築かれてあり、頂上には鉄砲洲富士浅間《せんげん》神社が末社として祀《まつ》られていた。

この高みに立って、遥《はる》か海を眺めながらはしゃいでいる三人組がいる。

いずれも旅姿で、遠くから江戸へ戻ってきた達成感を、この場で汐《しお》の香を楽しみながら味わっているところのようだ。

三人は富士講からの帰りの形《なり》をしているが、どうもそのはしゃぎぶりを見るに怪しいものだ。

「おう、猫《ねこ》、辰《たつ》……。まんまと戻ってこられたな。しかも、五日も早く着いちまったぜ」

肩幅の広い大柄な男が言った。この男が兄貴格のようだ。

「兄ィ、もういいだろう、ここでお宝の顔を拝《おが》んでみようじゃねえか」

猫が言った。

「馬鹿野郎、おれ達は飛脚と同じだ。そんなことができるかよ」

「いいじゃあねえか。今はおれ達の周りには誰もいねえし、何たって、千両の値打ちがするってもんだろう」

今度は辰が兄ィに言った。

「お前まで何言ってやがんでえ……！」

兄貴分は顔を怒らせたが、

「ちょっとだけだぞ……」

意外にあっさりと同意して、煙草《たばこ》入れを帯から抜いた。

三人は富士の端の木陰《こかげ》へと寄って、その煙草入れを取り巻くようにした。

煙草入れの底は二重になっている。兄貴分は帯の間に挟んであった小刀で底を縫《ぬ》ってある糸を切り、隠れている隙間《すきま》をこじ開けると、中から小さな対《つい》の美しい細工物を取り出した。

三人の間で溜息《ためいき》が漏《も》れた。

その細工物は西洋の物で、小指の爪《つめ》ほどの大きさではあるが、装飾された宝石は照りつける日射《ひざ》しを浴びて光り輝いていた。

「見ろ、これが外《と》つ国のお姫様《ひい》が身につけていたっていうギヤマンの耳飾りだ……」

兄貴分は得意気に言った。

この三人が、今、前原弥十郎が躍起になって取り締《し》まっている俄《にわか》仕込みの運び屋であることは間違いなかろう。

それが、先ほどまで弥十郎が蘊蓄を語っていた手習い道場からは目と鼻の先といえる所で、不敵にも禁制の品を眺めているとは――。

弥十郎が知れば、さぞかし憤慨《ふんがい》することであろう。

「あっちの国の女はこんなもん耳に飾るのか」

猫が感心した。

「さぞかしでけえ耳をしているんだろうな」

辰がニヤリと笑った。

あまり頭の好い連中ではないようだ。

「なあ兄ィ、ちょっと見せてくれよ……」

「馬鹿野郎、返しやがれ。錆《さ》びたらどうするんだよ」

猫が堪《たま》らず手を出したのを、兄貴分が叱りつつその手を払いのけた。

「好《い》いじゃねえか、錆びるような安もんじゃねえだろ」

「うるせえ、手前《てめえ》は引っこんでろ」

「猫が言うのももっともだ。なあ、おれの耳につけさせてくれよ」

今度は辰が馬鹿な声をあげた。

「辰、手前も引っこんでやがれ。お前が耳につけたら腐っちまうぜ……」

そして悲劇が起こった。

猫と辰が手を伸ばすのを払いのけているうち、弾《はず》みで耳飾りの片方が兄貴分の手から落ちたのだ。

「い、いけねえ……！」

耳飾りは急な斜面に落下し、途中木の枝に当たってはね返り、そのまま下へと転がった。

慌《あわ》てて三人は下へ下りようとしたが、そこからの斜面は急すぎて下りるに下りられない。

「おい、あっちへ回れ……！」

しかし、その時、眼下に走りきた一人の子供がそれを拾った。彼は耳飾りの美しさに目を細め、しっかりとそれを手に握りしめると、何処《いずこ》へともなく駆け去ったのであった。

二

湊稲荷の社でそんなちょっとした事件が起こっていた翌日のこと――。

秋月栄三郎は田辺屋宗右衛門の招きを受けて、日本橋の南、呉服町《ごふくちょう》へと出かけた。

「いやいや、いきなりお越しを願いまして、御無礼を致しました」

宗右衛門は栄三郎に会うや、いつものようにふくよかな体を窮屈《きゆうくつ》そうに前へと屈《かが》め、相好《そうごう》を崩《くず》した。

「何を申されます。今日はちょうど手習いも休みですし、田辺屋殿に呼び出されるとは、誉《ほまれ》高きことでござる」

栄三郎もいつものようににこやかに応えて、この分限者《ぶげんしや》を大いに喜ばせたのであるが、通された奥座敷には先客がいて、伏し目がちに頭を下げていた。

その顔には見覚えがあった。

「これは、和泉屋殿ではござらぬか」

先客は、栄三郎の許に通ってきている手習い子・公太郎の父・繁治郎であった。

「いつもお世話になっております……」

繁治郎は恭《うやうや》しく畏《かしこ》まった。

「先生に御足労を願いましたのは、この和泉屋さんのことで、あれこれ御相談願えませぬかと……」

宗右衛門が執《と》りなすように言った。

繁治郎は今日、田辺屋に油を納めに来たという。

和泉屋は繁治郎の代になって、店を京橋南の南紺屋町に移したのであるが、先代までは呉服町の田辺屋の並びにあった。

それで、先代同士が気の合う間柄で、田辺屋の油は和泉屋が納めたし、和泉屋のお仕着せから家人の着る衣服は、どれも田辺屋から仕入れるという付き合いが今でも続いているのである。

とはいえ、店の構えははるかに田辺屋の方が大きく、前述の通り懇意《こんい》にしているからといって、田辺屋が和泉屋にとっての上得意であることに変わりはない。

互いに親の代から息子の代になって、繁治郎は自分より年長で、人品備わった宗右衛門を尊敬していたし、得意先の主《あるじ》としても辞を低くして、油の納品も自らがこなし、決して慣れ合いで接しなかった。

宗右衛門はそういう繁治郎を高く評し、自分の方からあれこれと世話を焼いていた。

今日も納品に来た繁治郎を奥の自室へ呼び、一献重ねようとしたところ、倅・公太郎のことを相談されたのだ。

「そういう話なら、手習い師匠である秋月先生に相談されたらいかがです……、とまあこういうことになりましてね」

わざわざ秋月先生にお越し頂くなど申し訳ないことだと渋る繁治郎に、わたしと先生の仲ですからと自慢気に言って呼び出してしまったのだ、と宗右衛門は栄三郎に詫《わ》びた。

「わたしは公太郎の手習い師匠です。こういう相談を受けるのもまた師匠の務め、お気に召されますな」

栄三郎は宗右衛門の期待に応えんと、事もなげに繁治郎を見て言った。

何かにつけて栄三郎を呼び出したい宗右衛門の意図がありありと見えるが、それが栄三郎には嬉しかった。

「それで、公太郎のことで何か困ったことでも……？」

栄三郎の脳裏《のうり》に、

「人はいつか死んでしまうのでしょ……」

冷めた言葉を残して手習い道場を去った公太郎の姿がよぎったが、あえてここではそのことを告げず、繁治郎の話を聞くことにした。

「それがこの度《たび》、手前共では店の者をあげて大山詣《おおやままい》りに行くことになりまして……」

「大山詣り……。ほう、それは好い。そういえばこの二十八日は山開きでしたね」

大山詣りとは、相州中郡雨降山《そうしゅうなかごおりあぶり》の山頂に祀られている石尊大権現《せきそんだいごんげん》に参詣《さんけい》することを言う。

近場で登山のできる大山詣りは江戸の人々に愛され、講中を作り、その親分を先達《せんだつ》として賑《にぎ》やかに登るのが夏の風物詩となっている。

商《あきな》いと博奕《ばくち》に御利益《ごりやく》があるということで、和泉屋では先代が店の者を引き連れて参詣して以来、店が栄え、繁治郎は二親亡き後、まだ若くして跡を継《つ》いだ店を小さな店舗から、南紺屋町の少し余裕のある店構えにすることもできた。

この度の大山詣りは、繁治郎が主《あるじ》となって初めての、先代からの御礼参りの意味をこめてのものであった。

「それに、公太郎がどうしても行かないと言い張るのです……」

「どうしても行かない……。しかし、大山詣りとなると三、四日は家を空《あ》けることになるのでは……」

「はい。その間、店に残って留守をするというのです」

思い切って店を空けるために、得意先には遺漏《いろう》なきように納入し、小売りに対応できるよう、店には老爺《ろうや》の平吉《へいきち》を残すことにしたのだが、公太郎は話を聞くや、

「平じいが行かないのなら、公太郎も行きません……」

と言った。

「坊様、平吉は前に御先代の旦那様に連れていって頂きました。それに、もうこの足では御山になど登れません。どうぞお行きなさいませ」

平吉は慌てて宥《なだ》めたが、

「一人で留守をするのはかわいそうだよ。いっしょに残って、おてつだいをする」

そう言ってきかないのだ。

「おっとりとしたように見えて、あの子にはそのような強情なところがあるのですねえ……」

話を聞いて栄三郎は意外な表情を浮かべた。入門の際に、我儘で臆病で、気に入らぬことがあればすぐに投げ出してしまう子供ゆえお見捨てなきように、と繁治郎に言われ、気をつけていたつもりであったが、まったく公太郎という子供を理解できていなかったことを恥じた。

「いやしかし、年老いた奉公人を労《いたわ》る心はなかなか見あげたものではございませんか」

宗右衛門は公太郎の心根の美しさを誉《ほ》めたが、繁治郎は申し訳なさそうに頭《かぶり》を振った。

「それは真《まこと》の優しさからきているものではないのです」

「公太郎は何かから逃れるために残りたいと言っているとでも……？」

栄三郎が訊《たず》ねた。

「恥ずかしながら、先生の仰《おつしや》る通りでございます……。まず、誰かから聞いたのでしょう、子供の足で大山詣りをするのはなかなか大変なことだと……」

妹のおかちは公太郎と一歳しか離れておらず、女ながらにしっかりとしていて、臆病者の兄をからかうので兄妹喧嘩が絶えない。

弟の繁三郎《しげさぶろう》はまだ三歳で、旅の間は幼いがゆえに、店の男衆《おとこし》達が抱きかかえていってくれるに違いない。

参詣半《なか》ばで足を痛めたりして動けなくなれば、公太郎とて誰かが代わる代わるにおぶっていってくれそうなものだが、それでは長男として情けないし、おかちに何と言ってからかわれるか知れたものではない。それが怖いのであろうと繁治郎は言うのだ。

「なるほど、臆病なくせに、人一倍負けず嫌いか……。そうすると、戦う前からあれこれ理由をつけて逃げてしまうようになる……」

栄三郎は、火事で火が迫ってきても、怖い奴らが襲ってきても、そんな時は諦めると言った公太郎を思い出し、神妙な面持《おもも》ちとなった。

「それに、おさわの世話にはなりたくないのでしょう」

さらに繁治郎は哀《かな》しそうに言った。

「繁治郎さん、それは考え過ぎではありませんかな」

宗右衛門が宥めるように言ったが、繁治郎は再び申し訳なさそうに頭を振る

と、

「先生にはまだ申し上げておりませんでしたが、女房のおさわは、公太郎とおかちにとりましては生《な》さぬ仲なのでございます」

「そうでしたか……」

栄三郎はもう何も口を挟めず、ただ相槌を打つしかなかった。

「公太郎の母親はおりくと申しまして、おかちを産んだ後、胸を患《わずら》い、公太郎が五つの時に病《やまい》に倒れ、亡くなってしまいました……」

おりくは余命いくばくもない身を悟って、子供二人をかわいがった。

特に赤児の頃は体が弱く、すぐに熱を出しては泣いていた、頼りなげな公太郎にその愛情は向けられた。

どれだけ甘やかされて育とうが、ただ生きていてくれたらいい——おりくの公太郎への想いが公太郎を過保護にし、おりく亡き後には、現実から逃避する癖に公太郎を走らせたことは否《いな》めない。

生まれついてのしっかり者で聡明《そうめい》な妹のおかちは、頼りなげであるというだけで母親に猫かわいがりされる公太郎を、どこか皮肉な目で見ていたのかもしれない。

それが、何かというと兄・公太郎をからかう下地になっていると考えられるし、公太郎の中では妹への引け目となって今に至っているといっても好いであろう。

ともあれ、幼い子供を二人抱えた繁治郎が後添いを迎えるのは自然の成り行きであった。そして幼い時から母親と一定の距離をあけて接してきたおかちはこれをすんなりと受け入れたが、妹が受け入れれば受け入れるほど、公太郎は継母《ままはは》に馴染《なじ》むことができなかったのだ。

後添いのおさわは、繁治郎との間に繁三郎という子を生した後も、公太郎を和泉屋の跡取りと立て、何とか母親らしくあろうと公太郎の世話に努めたが、公太郎は〝無気力〟という態度でもって養母の愛情の受け入れを拒んだ——。

栄三郎は話を聞くうちにそう解釈した。

公太郎の全身全霊に、優しくひたすらに自分を愛してくれた母・おりくの温《ぬく》もりが依然絡《から》みついて離れないのに違いない。

「いつまでたってもおさわに懐《なつ》かぬ公太郎が、この大山詣りで少しでも変わってくれたらと思ったのですが……」

繁治郎は嘆息《たんそく》した。

座の一瞬の沈黙を見てとり、ここで宗右衛門は酒肴《しゅこう》を座敷へ運ばせた。

「おお、干し鰈《がれい》と、これは凍り豆腐ですな……」

栄三郎が膳を見るや、朗《ほが》らかな声をあげて座を和《なご》ませた。

「まずは一杯やりましょう。頭に血を巡らせると、ものの考え方にゆとりが出てきますからな」

ふくよかな宗右衛門が勧めると、真に料理がうまそうに見えてくる。

実際、味にうるさい宗右衛門が作らせたものである。干し鰈は焼いて、これにくわいを煮たものが添えてある。凍り豆腐はうま煮にして海苔《のり》がふりかけられている。

酒は伏見《ふしみ》の下り酒を冷やで飲む――二、三度箸《はし》を口に運び、盃《さかずき》で口を濡《ぬ》らすと、入り組んだ親子の愛憎の物語も、生意気な子供を叱るほのぼのとした話へと変わっていくから不思議だ。

「それで、繁治郎さんは、大山詣りへは行かないと聞き分けのないことを言う息子をどうするつもりなのです」

重苦しい雰囲気を、一転して男の宴《うたげ》へと変えた宗右衛門が訊ねた。

「それはまあ……。こうなったら二、三発喰らわせてでも連れていってやろうかと、正直なところ思っております」

「父親としてはそれくらいの気持ちになるでしょうな」

「はい、親父《おやじ》に逆らったらどうなるか、思い知らせてやりますよ」

何とはなしに公太郎が不憫《ふびん》に思われて、

「公太郎！　そのような我儘が通るとでも思っているのか！」

と叱りつけたものの、それ以上は白黒つけずに問題を先送りにしていた繁治郎は、酒の酔いも手伝って、宗右衛門と栄三郎に強く言い放った。

「ですが、それをしたくないから、わたしに相談をしたかったのでしょう」

宗右衛門に切り返されて、繁治郎は鼻白《はなじろ》んだが、

「いえ、でも今は田辺屋の旦那様と秋月先生にあれこれ聞いて頂きまして、ふん切りがつきました。今まで公太郎を甘やかしてきたわけではありませんでしたが、おりくが心を残して死んでいったことを思うとなかなか殴《なぐ》りとばすこともできずにおりました。しかしお話しするうちに、何やら馬鹿馬鹿しくなって参りました。負けるのが怖くて何もしないような男に跡は継がせられません。これからは心を鬼にしようと思います。まあ見ていて下さい……」

繁治郎も気持ちが昂揚《こうよう》してきて、後に引けない。

う。

——男というものは優しいものだ。

栄三郎は繁治郎がいとおしく思えてきた。

頭にくるといえどもやはりかわいい我が息子、死んだ妻への想い、今の妻への配慮……、それらが頭の中で絡まって、なかなか怒ることができないのであろう。

仕事帰りに男同士で安酒を喰らい、女房子供への愚痴《ぐち》を吐き出す長屋の住人と違い、繁治郎は十人近い奉公人を抱える店の主なのである。その心労たるやいかばかりのものか——。

栄三郎は己《おの》が手習い子のことでもある、酒が進むほどに、和泉屋父子を何とかせねばという思いが増してきて、ある考えが浮かんだ。

「和泉屋殿、無理に連れていったところで、公太郎の性根《しょうね》は変わらぬのではありませぬかな」

「では先生は、公太郎の言う通り、留守をさせろと……」

「老爺と二人だけで幾日か過ごす……。皆に守られて大山詣りへ行くより、よほど公太郎にとって好い試練になるやもしれませんぞ」

これに宗右衛門が大きく頷《うなず》いて、

「なるほど、秋月先生の仰る通りかもしれませんな」

「いえ、ですが平吉一人では……」

「うちの娘をつけましょう」

「お咲さんを……？」

田辺屋と和泉屋の交誼《こうぎ》によって、お咲は和泉屋の者達から慕われていた。

人見知りの公太郎も、お咲だけにはよく喋《しゃべ》り、両家が集《つど》うことがあると必ずお咲の傍《そば》に引っついて離れない。

さらに、近頃のお咲の武芸の腕前の噂《うわさ》は和泉屋にも広まっていて、公太郎にとっても老爺の平吉にとっても、真に心強い留守の助っ人となるはずであった。

そのことを聞いて、これは一段と好いと栄三郎も頷いた。

「それは願ってもないことではありますが……」

田辺屋の愛娘《まなむすめ》を借り受けるなどとんでもないと繁治郎は恐縮したが、考えてみればここで公太郎を突き放し、留守をさせる方が色々なありがたみを知るのではないか――。

しかも、秋月栄三郎という手習い師匠が、ただ読み書き算盤《そろばん》を教えるだけの男ではないことを、繁治郎は日頃、田辺屋宗右衛門から聞かされていた。

何かをしてのけてくれるに違いない——。

「左様《さよう》でございましたら……。委細よろしくお願い申し上げます……」

和泉屋繁治郎は、秋月栄三郎と田辺屋宗右衛門に深々と頭を下げたのであった。

その途端、打ち水がなされた庭の方から、さっと涼しい風が吹いた。

三

剣の師・秋月栄三郎と父・宗右衛門の意を受けて、お咲はすぐに動き出した。

以前から自分に懐く和泉屋の倅・公太郎をかわいがりながらも、公太郎の引っ込み思案で臆病な性格を案じていたお咲であった。話を聞くと栄三郎は、いつものようにあれこれと公太郎の性根を変えるべく知恵を絞《しぼ》っている由《よし》。一肌も二肌も脱ごうではないかと意気込んでいるのだ。

和泉屋繁治郎が田辺屋を訪ねた次の日。

お咲は手習い道場に公太郎を迎えに行ってやった。

前日、ほろ酔いで田辺屋から家へと戻った繁治郎は、

「公太郎、お前がどうしても留守をするというならさせてやろう。だが、この店に平吉と二人だけだ。怖がりのお前に留守が務まるかな」

公太郎を呼び出してそう告げた。

家に残ると言いながら、そんな風に言われるとたちまち不安な表情を浮かべる公太郎を見てとって、

「そんな……、この子を置いては行けません……」

いつになく厳しい良人《おっと》の様子に、傍にいたおさわは懐かぬ倅を執りなすように言った。

「好いのだ。お前がいくら公太郎に優しくしても、この我儘息子には通じないから、放っておけば好い」

繁治郎はおさわの言葉をぴしゃりと遮《さえぎ》り、

「ただ、お前を残すと平吉が大変だ。それで、田辺屋さんのお咲さんが来てくれることになった。ありがたいことだな……」

と、公太郎を睨《にら》みつけるようにして言った。

「お姉さんが……」

公太郎は思わぬ人が助けに来てくれることを知り、目を丸くした。

「望み通りにした上に、お咲さんにまで来て頂くのだ。今さら後には引けぬぞ。好いな公太郎、しっかりと留守をするのだ。男だったら泣き言を言ってお咲さんや平吉を困らせるようなことはするなよ！」

思わぬ父の叱責に、公太郎は涙目になったが、今さら大山詣りについていくとは言えず、また、ついていったところでこのような調子で父の叱責を受けるかと思うとそれも嫌だ。おさわの傍で、妹のおかちは異母弟の繁三郎と遊んでやりながら呆《あき》れたような目を公太郎に向けている。

「はい、留守をします。それくらい公太郎にもできます」

公太郎はおどおどしながらも、お咲が来てくれることを頼りに、そう言い切ったのである。

それでも心の内は不安でいっぱいに違いないと、お咲は公太郎を迎えに行って、留守をする間の心得など説いてやろうとしたのだが、和泉屋の大山詣りの出立は明日の早朝——手習いが終わっても公太郎はすぐに帰ろうとせず、やはりぐずぐずとしていた。

手習い道場ではすでに子供達には顔馴染みで人気の高いお咲が公太郎を迎えに来たので、手習い子達は一様に羨《うらや》ましそうな目を向けて帰っていった。その中には、田辺屋で住みこみで働いているおゆうの娘で、お咲が特にかわいがっているおはなもいた。

心根の優しいおはなさえも、お咲が手習いでの公太郎の様子を訊くと、

「公太郎さんはいつもぐずぐずとしていて、好きではありません……」

と言う始末なのだが、こうして手習い道場へ来ると一見してそれがわかる。

秋月栄三郎と又平は、お咲に〝よろしく頼む〟と目で言った。

「さあ、公太さん、帰りますよ！」

お咲はにこやかに公太郎の手を引くと表へ出た。

「真っ直《ます》ぐお家に帰りたくないなら、どこかつき合うわよ」

そしてそう言って、公太郎の緊張をほぐしてやった。

「みなといなりのお社へ行きたい……」

だからこのお姉さんは大好きなんだとばかりに、公太郎は即座に応えた。

「湊稲荷のお社？　いいわね、あのお社からは海が見えるし、大きな船が通るものね。そうか、公太さんは湊稲荷のお社が好きなのか……」

「うん、よく遊びに行くよ」

「お友達と？」

「うーん……」

「一人で行っちゃあいけないわよ。どんな人がいるかわからないから」

「でも、みんなと行くと、ゆっくり海をみていられないから……」

この子は臆病だけれど、他の子より少し大人なのだとお咲は思った。

広い所へ出れば、相撲をとったり追いかけっこをしたりするしか男の子には能がない——公太郎は自分の思いのままに海を見たいのだ。

他の子供と違うことをすると変わり者の誹《そし》りを受け、親は心配をするものだ。それが子供が身につけている才の芽を摘《つ》んでしまうことになるのだと、秋月栄三郎は前任の手習い師匠であった宮川九郎兵衛からよく言われたという。

「そうね……、公太さんの気持ちもよくわかるわ。でも、わたしと一緒ならいいの？」

お咲は公太郎の言うことを否定せずに訊ねた。この間も二人の足は京橋川の河口へ向いている。

「お姉さんはいいんだ。おいらを馬鹿にしないから……」

公太郎はにこりと笑った。

いつしか二人は湊稲荷社の境内へと足を踏み入れていた。公太郎は小走りで左手の鳥居を潜《くぐ》り、河口から海が見える岸辺へと向かった。

「ないしょだよ。死んだおっかさんが、おいらをここへよく連れてきてくれたんだ。平じいもいっしょだった。それで、おっかさんはいつかあの海のむこうへいくから、さみしくなったら海をながめなさいって言ったんだよ……」

「そうなの……。わかった。内緒にするわ……！」

胸にこみあげるものを抑えながら、お咲は元気よく応えて公太郎の肩を抱いた。

公太郎は亡き母に会いにこの社に来ていたのだ。

そして公太郎は、継母が自分に注いでくれている愛情もわかっている。わかっているゆえにお咲に〝ないしょだよ……〟と言ったのだ。

もう少し早くから公太郎のことを気にかけてやればよかった——。

お咲は後悔を胸に、しばし黙って公太郎と並び立ち、遥かな大海原《おおうなばら》を見つめた。

お咲は今は亡き和泉屋の先妻・おりくのことをよく覚えている。抜けるように色が白く、ほっそりとした背の高い女《ひと》であった。その姿に限りない優しさが加わって、それがえも言われぬ儚《はかな》さを醸していたような気がする。

──公太さん、あなたは心根の優しい人だけれど、自分の殻《から》に閉じこもってい
てはいけません。
嫌でも人の輪に入らなければならないこともあるし、他人に親切にすることも
また人の仕事だ。それをなすためには、一人一人が強くならねばならない……。
お咲はここ二年の間、秋月栄三郎にそう教えられた。いや、栄三郎はそんなこ
とを一度も言葉にしたことがなかったが、この男の傍にいて、自然と体の中に刻
まれていた人生訓のひとつであった。
しかし、お咲はその言葉を呑《の》みこんだ。
今、ひっそりと亡母に会っている公太郎にあれこれ言うのは酷というものだ。
自分とて、早くに母に死に別れたお咲であった。
海に立つ白浪に、公太郎はおぼろげなおりくの面影《おもかげ》を見ているのだろうか
──。
海を見つめ、身を寄せ合って感慨に浸《ひた》るお咲と公太郎の姿は湊稲荷社を行き交《か》
う誰の目にも美しく映《うつ》った。
三人の男を除いては──。
この三人の男とは、先日情けなくもこの社の富士の小山の上から、禁制のギヤ

マンの耳飾りの片方を落としてしまった連中である。

兄貴分が定五郎《さだごろう》、それに猫七《ねこしち》、辰三《たつぞう》という三馬鹿のやくざ者で、根津界隈《ねづかいわい》を縄張りとする香具師《やし》に頼まれ、遥か長崎まで抜け荷の品を受け取りに行ったのである。

この三人が選ばれたのは、いかにも間が抜けていて、どこぞに物見遊山《ゆさん》に出た三人組にしか見えないであろうという理由からであった。まさかこの三人が千両の値打ちのあるギヤマンの耳飾りを持っているとは思うまい。

そしてその思惑通り、三人はまんまと長崎から無事お宝を持って江戸へ戻った。しかも約定の日まで充分な余裕をもっての帰還であったのだが、何たることか——重大な失態を演じてしまった。

依頼した根津の元締も、三人がここまで間抜けだとは思ってもみなかったのである。

「兄ィ……、間違いねえぜ、あのガキに違《ちげ》えねえ」

猫七が声を震わせた。

「ああ、おれもそう思う。あのガキが耳飾りを拾って逃げやがったんだ」

辰三が続けた。

「この近くのガキだと思ったが、まず見つかって何よりだ」

定五郎もほっと胸をなでおろした。

「どうする兄ィ、つけ狙ってあの若い女共々攫《さら》っちまうかい」

その上でガキを脅し、宝のありかを白状させてやろうと猫七は言った。

「いや、待て。こう人通りが多いとたやすくはいくめえ。まず後をつけてガキの家をつきとめるんだ」

定五郎が応えた。その上で子供を捕まえる算段をつけようというのだ。

三人はしっかりと頷き合った。

あの日、三馬鹿がこの社の富士の上からギヤマンの耳飾りを落とした時——下にいて、きらきらと光るそれを見つけ、何の気なしに掌中《しょうちゅう》に収め走り去った子供は他ならぬ公太郎であった。

あの時は富士塚の小山の上と下とで、取り返すどころか公太郎の行方さえ見失った三人であったが、一人で遊んでいた様子を見るに、この辺りの子供であるに違いないと、あれから血眼《ちまなこ》で捜《さが》していたというわけだ。

この辺りの子供ならここを遊び場にしているに違いない。また必ずこの社に現れるに違いないと、ごく当たり前のことに思い至り、とうとう見つけたのだ。

秋月栄三郎と松田新兵衛の許で剣術を学び、めきめきと腕を上げているお咲ではあるが、自分が面倒を見ることになった公太郎にそのような危険が迫っているとは思いもよらぬことであった。

果たして、公太郎は件《くだん》のギヤマンの耳飾りの片方を拾った後、これをどうしたのであろうか——。


時は翌未明に移る。

南紺屋町の表通りに、大山詣りに向かうのであろうか、白い行衣《ぎょうい》を身につけた男が三人、なかなか現れない連れを待っている様子で辺りをきょろきょろと見回していた。

その表通りに面して、油屋の和泉屋が店を構えているところを見ると、男三人の正体が定五郎、猫七、辰三であることは容易に窺《うかが》い知れる。

湊稲荷社で公太郎を見つけた三人は、そっと後をつけ、付き添いのお咲と共にこの油屋に入ったのを見届けた。

大店《おおだな》ではないものの、奉公人が何人も暮らす商家の息子となれば押しこむのも危険がつきまとう。

どうしたものかと思ったところ、和泉屋が翌未明から一家をあげて大山詣りに行くという情報を摑《つか》んだ。

三人は、こうなれば自分達も大山詣りに行くと見せかけ、道中子供を攫い、宝のありかを吐かせて、もし、家のどこかにあるというなら、備えが薄くなった和泉屋に引き返して押し入るしかないと思っていた。

ひとつ心配なのは家人が子供の拾ってきた物を見て、これは禁制の品だと役所へ届け出ていないかということだ。

しかし、幸い今のところそれはないようだ。

もしそのようなことがあれば、仕事を依頼した根津の元締の耳にすぐに届くであろう。届けば三人が江戸に戻っていることがわかるし、今頃口封じに殺されているはずである。

その安堵《あんど》はすぐに、期日までに見つけねば消されてしまうという不安に変わる。

とにかく和泉屋の大山詣りの後にぴたりと追随《ついずい》できるようにと、三馬鹿は連れを待つふりをして一行が出てくるのを待っているのだ。

やがて、店の揚げ戸が開かれ、中から揃《そろ》いの白い行衣を着た一群が出てきた。

一尺ばかりの〝納め太刀《だち》〟なる木刀を担《かつ》いでいるのが主の繁治郎であった。

三人は緊張の面持ちで、この様子を眺めつつ、会話に耳を傾けた。

幸いにして他の大山詣りの講も通り過ぎ、定五郎達は怪しまれなかった。

「では行ってきます……。お咲さん、本当に御迷惑をおかけします……」

繁治郎は、平吉と公太郎を挟んで店の前に立って見送るお咲に深々と頭を下げた。おさわをはじめ店の者達がこれに倣《なら》う。

「どうぞお任せ下さい」

お咲はにこやかに胸を叩いた。

「公太郎、くれぐれもお咲さんの手を煩《わずら》わせたりすることのないようにな」

繁治郎はお咲に、今度は目で〝頼みます〟と語りかけながら公太郎に申しつけた。

「兄さんになるすがつとまるかしらね……」

公太郎の返事より先に、妹のおかちがからかうように言った。

「これ、おかち……」

おさわがそれを宥めたが、さすがに公太郎も皆の前でからかわれて頭にきたのか、

「おまえがうちにいないから楽しいよ！」

とやり返した。

「お咲さんがかわいそう……。さあ、行きましょ……」

おかちはこれを余裕の表情ではねつけ、一緒に行かないという公太郎に何か言いたげな幼い繁三郎の手を引いてさっさと歩き出した。

繁治郎はやれやれといった表情で平吉に頷くと、奉公人達を引き連れ歩き出した。

後には見送る三人が残ったが、公太郎は繁治郎が向こうを向くや、悔しそうな表情を浮かべ、さっさと店の中へと戻った。

「公太さん……。お見送りしないと……」

お咲は公太郎を追って店へと入った。実直な平吉は、公太郎に気をやりつつ、主の繁治郎の姿が見えなくなるまで見送っていた。

「猫、辰……」

和泉屋の様子を窺っていた定五郎は、狂喜して叫び出したくなるのを抑え、猫七と辰三に囁《ささや》いた。

「おれ達はついてるぜ。あのガキは店に残るようだ。しかも、爺ィ《じじ》と小娘が二人ついているだけときているぜ」

「ああ、そのようだな……」

「二、三人、助っ人を集めるかい」

猫七と辰三も興奮気味に言った。

「よし……。行くぜ……」

三人はそそくさと和泉屋の表から立ち去ったのであった。

四

思いもかけぬ所で思わぬ連中が、和泉屋を虎視眈々《こしたんたん》と狙っていることなど、まったく知る由もないまま、公太郎と彼を取り巻く者達の刻《とき》は過ぎていった。

だが、確かにこの騒動の芽を、公太郎は我が家へ持ちこんでいたのである。

親や奉公人が出ていった後、公太郎は仏間に入って亡母・おりくの位牌《いはい》に向かい合った。

公太郎なりの継母への気遣《きづか》いがあって、日頃は遠慮なく仏間でおりくに語りかけることなどできないのかもしれない――。

お咲はそう思いやって、その間は公太郎の傍へは寄らなかったのだが、この時公太郎は亡母・おりくに、

「こんどお墓にまいるときは、たのしみにしていておくれよ。とてもきれいなお宝を、持っていってあげますから……」

と、語りかけていた。

先日、湊稲荷社の富士の下に転がってきた美しい珠《たま》があしらわれた小さな鎖《くさり》――何げなく拾って帰ってきて、そっと家で見てみると、何とも美しいものであることが子供の目にもはっきりとわかった。

妹のおかちが騒ぐと嫌なので、公太郎はこれをそっと隠し、自分一人の秘密にした。

しかし、この美しい珠がギヤマンという禁制の品であることなど、公太郎にわかるはずもなかった。

そしてこの間、お咲はというと、平吉とあれこれ段取りに追われていた。

その段取りとは、今宵《こよい》和泉屋で栄三郎が催《もよお》そうとしている企み事についてである。

先般田辺屋で、宗右衛門と繁治郎との三人で酒を酌《く》み交《か》わした折に、栄三郎は

公太郎に留守をさせることで、彼の心に何か変化を起こせればと知恵を絞った。

その企み事を託した上で、繁治郎は旅に出たのであるが、残されたお咲と平吉は栄三郎の意図を受けて、なかなかに大変なのである。

それでも繁治郎達が大山詣りへ出てから、この日も時間だけはいつものように坦々《たんたん》として過ぎていった。

朝から数人の小売りの客が油を買い求めに来て、これに平吉があたり、お咲は公太郎と二人でその手伝いをした。

夕餉《ゆうげ》は居酒屋〝そめじ〟から、お染が握り飯と煮染《にしめ》を持ってきてくれた。

それを食べると日が暮れてきた。

お咲は夕餉の後は、繁治郎からの頼まれごとの通り、公太郎に手習いで教わった読み書きを復習させた。

公太郎の部屋は一階奥座敷の繁治郎一家の居間のさらに奥にある。ここは子供部屋で、文机《ふづくえ》が三つ置かれ、家の中で勉学に励むようにとの繁治郎の意思が込められていたが、このところはおかちと交戦状態が続いている公太郎にとって、大好きなお咲に習う読み書きは楽しかった。

「そしたら公太さん、この絵草子《えぞうし》を読んで、読み終わったらわたしにどんな話だったか聞かせてくれる?」

お咲に絵草子を渡された公太郎は、これを一心不乱に読んだ。

それには幽霊のことが書かれていて、これを見た時、下手に逃げ出すとかえって取り憑《つ》かれるとあり、公太郎を随分と怖がらせた。

そのうちに夏の夕べもようやく日が落ちて、すっかりと闇夜《やみよ》に変じた。

一間の内は行灯《あんどん》の灯のみとなったが、月が出て明るかった。

公太郎は、はたと絵草子を読むのをやめた。

行灯の油がきれたようで、部屋の内が月明かりだけとなったのだ。

「お姉さん……」

ふと見ると、お咲は少し離れた文机に身を寄せて居眠っている。

公太郎は何やら心細くなってきた。

幽霊が登場する絵草子などを読んだものだからなおさらである。

平吉は店の方へ出て戸閉まりをしている。

公太郎の中で、いつもの家の中がとてつもなく広いものに思えてきた。

お咲は、後で秋月栄三郎が又平を連れて家に遊びに来てくれると言っていた。

怖いものなど何もない——。

そう自分に言い聞かせつつ、公太郎はやはり不安になって、

「お姉さん……、起きて……」

もう一度お咲を呼んでみたが、お咲は一向に目を覚ます気配がない。

手習い師匠の秋月栄三郎に言われた言葉が頭の中で蘇《よみがえ》った。

「公太郎、お前、店の留守を買って出たそうだな。見上げた心がけだ。だがな、男が一旦すると言ったからには投げ出すことはできぬぞ。お前はこの前、火が迫ってきても、悪い奴が襲ってきても諦めると言ったが、そういう弱い心がけでは留守は務まらぬ。何事にも恐れず、しっかりとやれよ」

師匠はいつになく厳しい口調で言ったものだが、〝見上げた心がけ〟だと誉めてくれた。その心地《ここち》好さは今も耳に残っている。

「兄さんになるすがつとまるかしらね……」

妹のおかちのつんと澄ました顔が同時に脳裏《のうり》にちらついた。

「何も怖くないよ……」

公太郎は自分に言い聞かせると、まず行灯に油を足そうと立ち上がった。

その時である。

「公太郎……、公太郎……」

と呼ぶ声がした。

えも言われぬ寂しく乾いた口調であった。

「だ、だれ……？」

公太郎は恐怖に体が硬直した。だが、もし幽霊を見た時、下手に逃げ出すと取り憑かれる恐れがあると、今読んでいる絵草子に書かれてあった。

——逃げてはいけない。

公太郎は勇気を振り絞った。

お咲はというと、相変わらず文机に身を伏せて眠ってしまっている。

「公太郎……、怖がることはありません、お前の母ですよ……」

声の主はやはりこの世の者ではないようだ。しかし、〝母〟と言った……。

「おっかさん……」

ふと見ると格子《こうし》窓の外、そそり立つ楠《くすのき》の前に、女の姿があった。

白い着物に髪は長く垂《た》れ下がり、その顔をほとんど覆《おお》い隠していたが、髪の間から覗《のぞ》く顔の色は真っ白であった。

月明かりにぼんやりと見えるその姿は宙に浮かんでいる。その様子を見るに、これは幽霊としか言いようがなかった。

「まさか、おっかさんが……」

公太郎は幽霊に呼びかけた。

幽霊は怖いが、母だと言われると不思議に心は落ち着いた。

「そのままでお聞きなさい。人は死ぬと姿も声も変わってしまうのです。でも、人への想いは変わりません。とりわけ愛《いと》しい我が子には……」

おりくの亡霊は、ゆっくりと哀切を込めて公太郎に語りかける――。

「おっかさんは、公太郎のことを見ていてくれたのですか……」

公太郎の口から素直な言葉が出た。

「いつも見ていますよ。海の向こうから……」

海の向こうからと聞いて、公太郎はやはり亡母の幽霊であったことを確信した。

「うれしい……。でも、どうしてかなしい声なのです」

「あなたがあまりに聞き分けのないことを言って皆を困らせているからです」

「それはちがうよ。みんなが公太郎をばかにするからです」

「いつも逃げてばかりいるお前を、誰が好きになりましょう。誉めてあげられましょう」

「それは……」

「お前が大山詣りに行かないのは山を歩けなくなって、おかちに馬鹿にされるのを恐れているからでしょう。おさわさんの世話になりたくないからでしょう」

公太郎は本心を言い当てられて黙りこくった。

「おっかさんは、いつ死んで海の向こうへ行かなければならないか、そればかりが気にかかり、どこか頼りなげな公太郎を甘やかしてしまったことを今では悔やんでいます……」

「おっかさん……」

「悔やむ想いは荒波となっておっかさんを呑みこんで、おっかさんは毎日、海の中で苦しんで、もがいています」

「おっかさんは苦しんでいるのですか……」

おりくの幽霊はゆっくりと首を縦《たて》に振った。

「どうすればおっかさんを助けてあげられるのですか」

「お前はおっかさんを助けてくれるのかい」

「助けます。助けるから、どうすればいいのです……」

公太郎の目にたちまち涙があふれ出した。

「お前はやさしい子だね。ありがとうよ……」

「なんでもします……、なんでもします……」

「お父さんと新しいおっかさんの言うことをよく聞いて、妹と弟の世話をしてあげておくれ。たやすいことのようだけれど、人の言うことを素直に聞くということは、広い心を持たないとなかなかできることではありません……。人の世話をするには、自分が強くならなければできません……。どんなことからも逃げない、目をそむけない人になる。おっかさんはそれだけを願っていますよ……」

「わかったよ……。わかりました。かならずおっかさんに言われた通りにしてみせます……」

「うれしい……。その言葉を聞いて、ここまで出てきた甲斐《かい》がありました……。公太郎……、立派な男になっておくれ……」

「おっかさん、行ってしまうのかい」

「ああ、いつまでもここにいられぬ身の定めさ……」

「おっかさん……、これを持っていって……」

公太郎は硯《すずり》箱の中から小さな紙包みを取り出して、そっと格子の隙間から差し出した。

それは粉薬が入った袋に見える。

「お前はやさしい子だね……。死ねばこんなものもいらぬというのに……」

おりくの幽霊は、さっとその包みを受け取り懐《ふところ》へしまうと、

「達者でな……」

震える声で言い遺《のこ》し、たちまち空中へと消えていった。

公太郎はあまりのことに、その場で尻もちをついて座り込んだ。

その時、眠っていたお咲が目を覚ました。

「あらあらどうしたの公太さん、暗いところで……、ふふふ、そういうわたしも居眠りをしてしまったわ……」

そうして苦笑いを浮かべて行灯の灯をつけた。公太郎は依然、黙りこくったままである。

「怖い顔をしてどうしたの。そういえば、夢うつつに公太さんが誰かと話していたような気がしたんだけど、平吉さんが来ていたの？」

「いや……。違うんだ……」

「誰と話していたの？」

口ごもる公太郎であったが、そこへ秋月栄三郎が又平と共に部屋を訪ねてき

た。

「おう、しっかりとやっているかい。何だ、うかねえ顔をしているじゃねえか。どうかしたのかい」

入ってくるや、栄三郎はぽんぽんとたたみかけるように言った。

「先生……」

公太郎は今起きた不思議な出来事を誰かに聞いてもらいたかったが、あまりのことに、嘘《うそ》をついていると思われたくはなかった。

口ごもる公太郎の気持ちを知るや知らずや栄三郎は、

「いや、どうかしたかと聞いたのは、公太郎も見たのかと思ってな」

「見た？」

「この家の前へ来た時、空へ白い影が、すうっと消えていくのを月明かりに見ちまったんだよ。まあ、これは又平に言わせると、おれの気のせいだそうだが……」

「気のせいではありません！」

栄三郎の話を聞いて、公太郎は俄然《がぜん》生き生きとして、

「死んだおっかさんが窓の外にうかんで出てきたんです」

「お前の死んだおっかさんが……」

　こっくりと頷く公太郎を見て、栄三郎もお咲も又平も、決して嘘だとは言わずに真剣な目差《まなざ》しを向けた。

　公太郎は、亡母・おりくが自分の不甲斐なさを嘆《なげ》いて化けて出てきたことをあまさず伝えた。

「そうか。又平、ほらみろ、あれはやはり人の魂だったんだよう……。それで、公太郎はどう思った」

「もっと心もからだもつよくならないといけないと思いました……！」

　公太郎は話すうちに感極《きわ》まったか、叫ぶように言うと涙を浮かべた。

「よし！　それで好い。まったくお前は、わざわざ海の向こうからおっかさんに来てもらわねえと大人の言ってることがわからねえとは、ほんに困った奴だなあ……」

　栄三郎は公太郎を持ち上げて、荒っぽく振り回した。公太郎ははしゃぎながら大声で、

「先生は、おいらが死んだおっかさんと話したことを信じてくれるのですか」

「当たり前だ。幽霊ってものは子供にだけ見えるものなんだ」

「ほんとうですか？」

「ああ、おれも子供の頃に祖父《じい》さんの幽霊と話したことがあった。それから、少しばかり体が強くなったんだが、大人になってからは一度も見たことがない。また会いてえのによう」

そう言うと、栄三郎は公太郎を床へ降ろし、

「だが、お前の死んだおっかさんが出てきたってことは、この四人だけの内緒話にしておこうじゃねえか……」

と、お咲、又平にしっかりと頷いてみせた。

「公太郎、家の人が大山詣りから帰ってくるのが待ち遠しいなあ」

「はい」

公太郎は、はっきりと返事をした。

「好い返事だ。だがな、あと三日はお咲と平吉つぁんと三人だけで留守をしなければいけない。しっかりとな」

「はい！」

公太郎の表情には力がみなぎっている。

栄三郎は、どうしているかと思って心配していたが、公太郎がしっかりとして

いるから安心した、これも子を想う母の一念が通じたのだなと、しみじみと言って和泉屋を出た。

表には、頰《ほお》かむりに浴衣《ゆかた》がけの男が一人、栄三郎と又平が出てくるのを待っていた。

男は小柄で痩身《そうしん》、頰かむりの下から覗く顔は白く、何とも不気味であった。

栄三郎は見送りに出た平吉にニヤリと笑って別れを告げると、又平と共に、この頰かむりの男と並んで歩き出した。

「大二郎《だいじろう》、すまなかったな。お前、なかなか腕を上げたじゃねえか」

栄三郎は歩きながら、手拭《てぬぐ》いで顔を拭っているこの頰かむりの男に労りの言葉をかけた。

「肩に連尺《れんじやく》がくいこんで随分と痛みますよ」

小柄で痩身の男は、宮地《みやち》芝居の役者・河村文弥《かわむらふみや》こと、秋月栄三郎の剣の弟弟子・岩石《いわいし》大二郎であった。

秋月栄三郎が今宵企んだことは、この大二郎に公太郎の亡母・おりくの幽霊を演じさせることであった。

おりくは痩身であったが、女にしては背が高くすらっとしていたというので、大二郎が化けるにちょうどよかったのである。

　これには、旅立った繁治郎も、いきなり居眠ってしまったお咲も、老爺の平吉も皆加担していて、お咲が公太郎を部屋に閉じこめておいて、その間に平吉がそっと栄三郎、又平、大二郎を家の二階へと上げる――ここで大二郎はお決まりの幽霊装束《しょうぞく》に身を包み、長い黒髪のかつらに白塗りの顔を隠し、着物の内に連尺を仕込み、二階の窓から連尺に通した綱に宙吊《づ》りとなり、公太郎の部屋の格子窓の前で止まって幽霊の芝居を打ったのであった。

　公太郎の部屋の真上は納戸になっていて、天井には太い梁《はり》が渡されてある。そこに滑車を仕込んで、栄三郎と又平が息を殺しながら綱を引っ張ったのである。

　その後、芝居を終えた大二郎は着物を着替え、急ぐこととて、浴衣がけで白塗りの顔を拭《ふ》き拭き平吉の手引きで再び外へ出て、栄三郎と又平を待っていたというわけだ。

「それにしても、うまくいきましたね」

　又平が感心して言った。

「わたしも驚いていますよ。秋月さんから話を聞いた時は、こんな子供騙《だま》しが通じるのかと思いましたが」

「何言ってやがんだ。子供が相手なんだから、子供騙しで好いんだよ」

栄三郎が上機嫌で言った。

色々な迷信がまかり通っている頃のことである。数え歳九つの公太郎が幽霊を信じたとて不思議ではなかろう。

栄三郎は公太郎の胸の中に亡母・おりくとの思い出が深く影を落としていることを知り、ここはおりくに公太郎を叱りつけてもらうしかないと判断したのだ。

「ですが、今日のことで明日から、本当に公太郎の奴、生まれ変わりますかねえ……」

又平が心配顔で言った。

「そりゃあ、すぐに臆病な性質《たち》が変わるとも思えねえ。だが、初めの一歩にしちゃあ好い出だしじゃあねえかい」

大山詣りから繁治郎達が帰ってくるまでまだ間がある。栄三郎は、この間に公太郎が本当に亡母の霊に誓った言葉を守れるかを試す、さらなる企み事を胸に秘めているようだ。

岩石大二郎はかつての兄弟子の知恵者ぶりは好く知っている。

「はッ、はッ、何やら楽しゅうなって参りましたな。次の芝居まであと少し間がありますからね、何でもお手伝い致しますよ。秋月さん、今度は何の御役を頂けるのです？」

「調子に乗るんじゃねえよ」

「秋月さんの御役に立ちたいのですよ……」

意気揚々と引きあげる三人に、月が淡い光を投げかけていた。

五

かくして秋月栄三郎が仕組んだ幽霊芝居は、一人の子供の心に大きな感銘を与え、新たな息吹《いぶき》を吹きこんだ。

人というものは、子供の頃に親に手を引かれ観《み》た芝居や病の床で退屈しのぎに読んだ本に感動して、目指す生き方が変わることもある。

となると、子供相手に真剣にお節介をやいてくれる〝おめでたい大人〟が周囲にいるかいないかは、子供の先行きに大きな影響を与えることになるであろう――。

夜も更《ふ》けてきた和泉屋の奥の一間にいて、公太郎を寝かしつけるお咲はそんな想いに胸を震わせていた。

公太郎はなかなか眠れなかった。

無理もない。初めて家人と別れて暮らす今夜——子供の公太郎にとっては刺激が強すぎる出来事が色々起こった。

そして、明日になれば目に映るすべての風景が変わっているのではないかと思われて、公太郎を興奮させているのだ。眠れるわけがない。

お咲は公太郎の気持ちがわかるだけに、彼の肖っ張りを窘《たしな》めたりしなかったが、先ほどからどうも気にかかることがあった。

この家には今、この部屋の二人の他には平吉しかいないはずである。それが、秋月栄三郎達が帰った後も、何やらどうも騒々しい気配がするのだ。

お咲は今度の留守を預かるにあたって、いざという時は己が武芸の腕を存分に発揮してくれるであろうと期待されていることを自覚していた。

もちろん、留守といってもほんの数日のことで、さのみ大きな商家でもない和泉屋をわざわざ襲う者などいないであろうが、家人が出払っているのをよいことに、強請《ゆす》りに来る者がいないとも限らない。

備えあれば憂いなし——敬慕する松田新兵衛の口癖だ。ここへ来る前、お咲は考えられる限りの防犯の備えを新兵衛に教わってきていた。

〝人の気配に敏なれ、情勢を即座に掴むべし〟

新兵衛はまずこの二点をお咲に伝えた。

これを胸に刻むお咲の五感は、武芸の修練と相俟《あいま》って、そこいらの町娘とは比べものにならぬほどに研《と》ぎ澄まされているのだ。

「ちょっと平吉さんの様子を見てきます……」

お咲は公太郎の寝間を出ると、平吉に何か異変はないか訊ねた。

「へい、とりたてて何もございませんが……」

平吉は訊ねられて怪訝《けげん》な顔をしたが、武芸に秀でたお咲の評判は聞き及んでいるだけに、何かあると思い直し、すぐに緊張の面持ちとなった。

「わたしの思い過ごしだとは思うのですが……」

お咲は平吉に公太郎の寝間の番を頼み、揚げ戸の臆病窓からそっと外を窺ってみたり、二階の窓という窓から家の周囲に目を凝《こ》らしてみた。

――やはり何かある。

表の通りや隣家との境《さかい》の路地にある稲荷社に、男が数人たむろしている様子が見える。

お咲は稲荷社が間近に見える台所の小窓に顔を近付けてみた。

すると、何やら声を潜《ひそ》めて話している男達の顔を月明かりに窺い見ることができた。

お咲はその中の、肩幅の広い大柄な男の顔に見覚えがあった。

──あの男は。

じっと記憶の糸をたぐってみると、お咲の脳裏に白い行衣を着て連れを待っていた大山詣りの三人組の姿がよぎった。

〝人の気配に敏なれ〟

お咲の用心は今日の未明から始まっていたのである。

〝情勢を即座に摑むべし〟

大山詣りに行ったはずの男達が、夜になって再び和泉屋の周囲に何故《なにゆえ》いるのであろうか──あまりに怪しいことではないか。

〝備えあれば憂いなし〟

お咲の形の好い黒目がちな眼に、たちまち鋭い光が宿った……。

「兄ィ、どうするねえ、もうすっかり夜も更けたぜ……」

猫七が暗がりの中言った。

「表に助っ人の二人が来たようだぜ」

辰三が続けた。

「よし、そんならそろそろ行くとするか。爺ィと小娘が妙な真似《まね》をしやがったら殺せ……」

定五郎はここへ来て、凶悪な正体を顕《あら》わにした。定五郎にしてみれば背に腹はかえられないのである。

無事、期日に根津の元締に耳飾りを届ければ、前金の十両に加えて後金の三十両が手に入る。

だが、一日でも遅れたら命はない。片方の耳飾りをどこかへ売って、江戸から逃げる手立てもないではないが、このようなギヤマンの細工物を扱ってくれる闇の商人は知らないし、そのようなことをすればすぐに足がつき、地獄の果てまで追手がかかり、嬲《なぶ》り殺しにされるに違いない。

何としても公太郎にありかを吐かせ、これを取り戻すしか道はないのである。

三馬鹿は表通りの路地の陰で定五郎を待っていた助っ人二人と合流し、

「手はずの通りにいくぜ……」

と声を押し殺した。

三馬鹿は彼らなりに、和泉屋のことは調べあげていた。

近くに〝たびげん〟という腕の好い足袋《たび》作りの職人がいて、注文を受けきれずに夜なべ仕事をすることもしばしばで、そんな時は職人の弟子や助っ人が夜遅くに和泉屋に切らした油を買いに来る。

「いいか辰、お前が表から戸を叩いて〝たびげん〟から参りやした……て言やあ潜り戸が開く。そこを一気に押し入るぞ」

定五郎はそう仲間の者達に指図をした。

すでに和泉屋の内ではお咲が外の異変を察知していて、この油店の内外で熾烈《しれつ》な駆け引きが展開されていたが、もう一組の男達がこの和泉屋の異変を見て興奮の体《てい》でいたことは誰も知らぬ。

その男達とは——和泉屋の向かいにあるそば屋の二階座敷にいて、格子窓の隙間から交代で和泉屋に異変がないかと寝ずの番をしていた、勘太《かんた》、乙次《おとじ》、千三《せんぞう》——〝こんにゃく三兄弟〟である。

定五郎一味には馬鹿で負けない三兄弟であるが、田辺屋への忠誠は馬鹿を通りこして真に美しい。

お咲が和泉屋の留守をすると聞くや、

「お嬢さんにもしものことがあっちゃあいけねえ」

と、向かいのそば屋に頼みこみ、ここを根城に一晩中怪しい奴はいないか見張っていたのだ。

何度となく田辺屋の遣いで和泉屋を訪れたことのある三兄弟は、向かいのそば屋とはすっかり顔馴染みであったのだ。

この間、栄三郎と又平が岩石大二郎と出入りする様子も眺め、

「おれ達が心配するまでもねえんじゃねえか」

乙次はそう言ったものだが、

「馬鹿野郎、どんなお役に立つかしれねえだろう！」

勘太はそれを叱りつけ、こんにゃく三兄弟の意地を見せたが、この時はすでに鼾《いびき》をかいて寝ていて、表を見張っていた千三に起こされ、この異変を見てとったのである。

「勘太兄貴、様子がおかしいぜ。どうする」

「落ち着け！　落ち着け！　落ち着けってんだ」

「兄貴が落ち着けよ」

「確かにこいつは千三が言うようにおかしな具合だ。だが、無闇に役人を呼んで何もなかったじゃすまされねえ。とにかく乙次、お前は秋月の旦那の所へ走れ。千三、お前は松田の旦那の所だ。おれは……、いざって時はお嬢さんの助っ人をしに中へとびこむぜ……。好いな！」

「いや、おれが中へとびこむぜ」

「いや、おれがとびこむ……」

そんな具合にひともめありながらも、結局、勘太の指図通り三兄弟は動き出した。それと同時に、定五郎一味は、〝たびげん〟の名を騙《かた》り、まんまと中へ押し入ったのである。

この時――。

秋月栄三郎は手習い道場で河村文弥こと岩石大二郎の労に報いんと、又平が仕入れてきた鱸《すずき》の塩焼きと灘《なだ》の酒でもてなし、あれこれ大二郎の苦労話を聞いてやっていた。

このところ女形が好評で役がつくようになったが、これを兄弟子に妬《ねた》まれて困っている……、などと苦労話といっても聞きようによっては自慢話なのであるが、大好きな兄弟子の栄三郎から今日の幽霊の演技を誉められた大二郎は終始上機嫌で、頼まれもしないのに、もう一度和泉屋での芝居をお見せしましょうと衣裳を引き寄せたその時——白裳束の袂《たもと》からぽとりと小さな紙包みが落ちた。

「何でえこりゃあ……」

拾い上げる栄三郎に、

「ああ、忘れておりましたよ。公太郎という子は優しいですね。もう死んでしまったという母親に、これをあげる……、なんてね。薬の包みをくれましてね」

「薬の包み紙にくるんであるが、これは薬じゃねえぞ。中には硬い物が入っているよ」

「え？　そうでしたか」

「手にすりゃあわかるだろ。だいたい幽霊が人から物を受け取るってことがあるか」

「今思うとそうですねえ……。で、何が入っています？」

「何だこいつは……」

栄三郎は包みを開けて、息を呑んだ。

「おれは、こんなきれいな珠を見たことがねえよ……」

「あら、ほんとうですねえ……」

「気持ちの悪い声を出すんじゃねえよ」

「すみません、きれいなものを見ると女形の癖が出て……」

大二郎はこれを手にとってみて、

「これはもしかして、ギヤマンの耳飾りでは……」

感嘆の声を発したものだ。

「ギヤマンの耳飾りだと……。どうしてそんなものを公太郎が持っているんだよ」

「いえ、そんなことを聞かれても、わたしにはさっぱり……」

大二郎は首を竦《すく》めた。

「だが旦那、こいつはその辺のとんぼ玉とはどう見ても違いますぜ」

又平がいぶかしい目でこれを見て、顔をしかめた。

「とにかく気持ちが悪いぜ。今日はもう遅いから、明日にでも公太郎に問い質《ただ》してみるか」

栄三郎はそう言ったものの、

「だが、こいつはおりくさんの幽霊にそっと手渡したものだから、これをおれが持っているってえのもおかしいな……」

またすぐに頭をひねった。

すると――。

そこへ、手習い道場に転がりこんできた男があった。

「せ、先生……」

「何だ、お前は乙次じゃねえか」

男はこんにゃく三兄弟の次男・乙次であった。

六

さて少し時を遡《さかのぼ》って、油屋・和泉屋では――。

「〝たびげん〟から参りました。申し訳ございませんが、油を切らしてしまいまして、またひとつお願い申します……」

辰三が手はずの通り揚げ戸を叩くと、臆病窓が少しばかり開き、まず若い娘が顔を出して辰三の姿を確かめると、続いて老爺が顔を覗かせ、

「はい、少々お待ちを……」

と言って臆病窓を閉じ、やがて潜り戸が開いた。この潜り戸は開き戸になっていて、

「それ……！」

とばかり定五郎一味は雪崩《なだれ》をうって押し入った。

そしてまず応対に出た老爺を縛りあげ、有無を言わさず娘を捉《とら》えようとしたのだが――中はまったくの暗闇で、小窓から射しこむ月明かりに目を凝らすに、店先の土間には誰もいない。

しかし、確かに潜り戸は内から開けられたはずだが……。

押し込んだ五人は拍子《ひょうし》抜けして、それでもまず老爺の姿を求め、内へと一歩踏み出した時であった。

パタンと潜り戸が自然に閉まったかと思うと、横手に積まれてあった油の樽《たる》が、定五郎達に向かって一斉《いっせい》に倒れてきた――。

油樽の後ろに隠れ、次々にこれを倒したのは、老爺の平吉と公太郎であった。

「な、何だこれは……」

「味な真似しやがってこの野郎……！」

樽の向こうから二人の顔が見えて、定五郎達は躍《おど》りかかったが、油に足をとら

れてその場に転び、全身を油まみれにしてもがいた。

それへさして、平吉と公太郎は次々と油壺《あぶらつぼ》を投げつける。

これが助っ人の頭に命中して、一人はその場に崩れ落ちた。そこへ間髪《かんはつ》を容《い》れず、店の奥からお咲が出てきた。

いざという時のために持参した道場での稽古《けいこ》着を身につけ、腰には三尺の木太刀を帯び、手には油樽を担ぐ朸《おうご》をひっさげ、一段高い座敷の上から油まみれの土間に、

「えい！」

と、気楽流秘伝の棒術を繰《く》り出した。

これにたちまち猫七、辰三は突き伏せられ、油の床にのたうった。

かの近松門左衛門《ちかまつもんざえもん》は「女殺油地獄《おんなごろしあぶらのじごく》」という芝居の中で、体中油まみれ血まみれになりながらのたうち、町の極道《ごくどう》息子が油屋の内儀を殺し銀《かね》を奪う、凄惨《せいさん》にして妖艶《ようえん》なる世界を現出したが、定五郎達にしてみればただの〝情けない地獄〟そのものであっただろう。

大山詣りの形《なり》をした男達が家の外で様子を窺っているのを認めた時、お咲はそっと平吉と公太郎を連れて、和泉屋からの脱出を考えたが、年寄り子供を連れて

下手に外へ出て、待ち受けられていたら分《ぶ》が悪い。それよりは、店の土間に誘いこみ、油まみれにさせてやった方が戦い好いはずだ。

それに、賊を逃がしてしまえば、またいつこの店に難儀が降りかかるかしれたものではない。捕まえて正体をはっきりさせねばなるまいと思ったのだ。

その間は、公太郎と平吉をどこか屋根裏か軒下《のきした》か、見つかりにくい所へ隠して戦おうと決意したお咲であったが、公太郎は意外や、

「お姉さんひとりをあぶない目にあわせるのはいけない。公太郎もたたかいます！」

今までの臆病者が嘘のように、そう言って聞かなかった。

「坊様を死なせはしねえですよう……」

勇ましい若旦那の言葉を聞いた老爺の平吉は感じ入って、公太郎につき従うと誓った。

お咲は年寄りと子供の誓いに胸を打たれ、この二人を命をかけて守ると決意した。

何よりもここで戦うことが、公太郎の大きな自信に繋《つな》がればこれほどのことはない。

そして、必勝の計略がこれであった。

揚げ戸の潜り戸には細工をして、紐《ひも》を引けば遠くから開け閉めができるようにした。

おそらく表から押し入ってくるとすれば、油を分けてもらいたいなどと嘘をつき、潜り戸を開いた刹那《せつな》、一斉に雪崩れこんでくるに違いない。

これに肩すかしを喰らわせ、土間へ入ったところで店先の端に並べられてある油樽の陰に隠れた公太郎と平吉が樽を倒して連中を油まみれにして、座敷の上からお咲が朸《おうご》で突き倒す——この戦法が今、大いに図に当たった。

油に足をとられた定五郎一味は、公太郎と平吉に迫ろうとするが思うにまかせず、次々に投げつけられる油壺に頭をぶつけた。平吉はお咲に教えられた通り、賊が転がれば朸で叩き、立ち上がれば突く、これを繰り返した。

もちろん、その間、座敷の上からお咲が棒術の妙技を揮《ふる》うのであるから、定五郎一味は総崩れとなり混乱したのだ。

「えいッ！」

お咲の朸は猫七、辰三に止《とど》めの一撃を見舞うと、遂《つい》に定五郎の脾腹《ひばら》に棒の先端をめりこませた。

「畜生《ちくしよう》……ついてねえや……」

定五郎は足を滑らせ、猫七と辰三に折り重なるように、どうっと倒れた。すでに助っ人の一人は壷に頭を割られてぐったりとしている。

定五郎達が乱入してからわずかの間の出来事であった。

残る一人の助っ人は、力を振り絞り油に足を滑らせながら、何とか表へと出たが、そこには呆然《ぼうぜん》と表から成り行きを見つめていたこんにゃく三兄弟の長男・勘太がいて、

「この野郎！」

と、こ奴を棍棒《こんぼう》で叩き伏せた。

「勘太、やるじゃねえか……」

そこへ、乙次に連れられた秋月栄三郎が岩石大二郎と又平を率《ひき》いてやって来て、勘太を冷やかした。

「こ奴らは何者だ」

ふと見ると、千三の案内でやって来た松田新兵衛の姿もあった。

「新兵衛、御苦労だったな。おそらくこ奴は前原の旦那が言うところの、近頃江戸にあふれているおかしな連中の一人のようだ……」

栄三郎はニヤリと笑い、新兵衛と二人並んで潜り戸から店の内を覗きこんだ。

「何だこれは……」

新兵衛はたちまち顔をしかめた。

土間には樽が転がり、割れた壺は散乱し、油の中で倒れている四人の男――。

店の座敷には今、平吉によって灯《とも》された行灯の灯に照らされた、美しくも勇ましい女武芸者・お咲と、彼女に肩を抱かれて興奮に頬を紅潮させた公太郎の姿があった。公太郎の表情からかつてのおどおどとした頼りなさは消えてなくなり、力強い目の輝きばかりが光って見えた。

もうこの子供にとって恐れるものは何もない――。

栄三郎と新兵衛は互いに顔を見合わせて愉快に笑うと、少しばかりはにかんで上目遣いに頭を下げるお咲に、何度も何度も頷いてみせたのである。

事件はその後、南町同心・前原弥十郎の取り調べによって、定五郎一味の抜け荷が明白となり、その販路の一画が切り崩された。

しかし、根津の元締という謎の人物が表に出てくることはなかった。世には被害者が誰であるのかが判然としない犯罪がある。

抜け荷の売買などはこれに当たり、宝飾品の美しさに取り憑かれる金持ちがいる限り、なかなかこの手の犯罪は絶えることがないのであろう。

ギヤマンの耳飾りの片方は、不思議や手習い道場の前に落ちていたと、栄三郎は公太郎に嘘をついた。

「海の向こうからお前に会いに来たおっかさんは、お前がくれた宝物はきっと禁制の品を拾ったものだとわかったんだろうな……。だが、せっかくのお前の気持ちだ。返すのも辛《つら》いから、おれに預けに来たんだろうよ」

公太郎は無闇に落ちているものを拾って帰ってはいけないのだと、幼いながらも理解して、これを反省して前原弥十郎に謝った。元より子供に優しい弥十郎は、

「なに、お前が拾ってくれたお蔭《かげ》で今度の一件が表に出たんだ。いや、よくやってくれたな」

公太郎の働きを大いに誉めたが、

「お前の勇気は大したもんだ。だがな、いいか、子供ってものはな……」

やがてそれは説教に変わり、公太郎を大いに辟易《へきえき》させた。

お咲と共に賊に立ち向かい、立派に留守を務めた公太郎は、たった一日の間に

色んなことを学び、何事からも逃げない強い心を持つまでになったが、

〝説教好きの大人には気をつけろ……〟

一日の終わりに何よりもそれを悟ったのである。

「いやいや、これも大山詣りの功徳《くどく》か秋月先生の功徳かと、和泉屋さんは大喜びで、帰ってから毎日お礼を言いに来ていますよ」

それから数日後の夕べ――田辺屋から招きを受けた秋月栄三郎は、宗右衛門の手厚いもてなしを受けていた。

「何を申されますか、今度のことは田辺屋殿の娘御の働きがあってのこと。いやいや、とんでもない娘を持たれましたな……」

笑顔で応える栄三郎に、

「いやいや、娘にあのような働きができるようになったのも、先生の功徳、これに大山詣りの功徳を足せばどのようになりましょうかなと、ふと思いましてな」

「お咲はいまだ大山詣りには……」

「連れて行ってやってはおりません。それが前から気になっておりまして」

「ほう……、左様にござるか」

「思い立ったが吉日という言葉がございます」

「では、連れていかれますか」

「店は松太郎《まつたろう》に預けてみます。倅にも試練を与えませぬとな。いかがでしょう」

「よろしいのでは」

「まず講を作らねばなりません。先生は入って下さいますね」

「手習いの都合がつけば……」

「そんなものはどのようにもなりましょう。松田先生にも、又さんにも、そうだ、〝そめじ〟の女将《おかみ》にも講に入ってもらいましょう……」

宗右衛門の楽しい企みは限りなく広がる。

そういえば、自分は今まで何日にもわたってこの田辺屋をあけたことがなかったことに、宗右衛門は今度の和泉屋の一件で気付かされたのであろう。

ここは我が家も倅の松太郎に店を何日か任せてみてはどうか、公太郎のように何かを得るのではないか――。

宗右衛門はそこに思い至ったのではないだろうか。親というものはいつまでたっても子供は子供で、松太郎のように、もう二十六にもなり、立派に宗右衛門の代わりを務めるまでになっている倅にさえも、九つの公太郎の姿を重ね合わせてしまうのであろうか――。

栄三郎は子を持つことの大変さを想いつつ、子への試練を与えると言いながら、随分と楽しそうな宗右衛門の様子に、自らも久し振りの旅への期待に胸をふくらませていた。

本書は二〇一二年一二月、小社より文庫判で刊行されたものの新装版です。

海より深し

一〇〇字書評

切り取り線

購買動機（新聞、雑誌名を記入するか、あるいは○をつけてください）					
□（　　　　　　　　　　）の広告を見て					
□（　　　　　　　　　　）の書評を見て					
□ 知人のすすめで			□ タイトルに惹かれて		
□ カバーが良かったから			□ 内容が面白そうだから		
□ 好きな作家だから			□ 好きな分野の本だから		
・最近、最も感銘を受けた作品名をお書き下さい					
・あなたのお好きな作家名をお書き下さい					
・その他、ご要望がありましたらお書き下さい					
住所	〒				
氏名		職業		年齢	
Eメール	※携帯には配信できません		新刊情報等のメール配信を 希望する・しない		

この本の感想を、編集部までお寄せいただけたらありがたく存じます。今後の企画の参考にさせていただきます。Eメールでも結構です。

いただいた「一〇〇字書評」は、新聞・雑誌等に紹介させていただくことがあります。その場合はお礼として特製図書カードを差し上げます。

前ページの原稿用紙に書評をお書きの上、切り取り、左記までお送り下さい。宛先の住所は不要です。

なお、ご記入いただいたお名前、ご住所等は、書評紹介の事前了解、謝礼のお届けのためだけに利用し、そのほかの目的のために利用することはありません。

〒一〇一－八七〇一
祥伝社文庫編集長　清水寿明
電話　〇三（三二六五）二〇八〇

祥伝社ホームページの「ブックレビュー」からも、書き込めます。

www.shodensha.co.jp/bookreview

祥伝社文庫

海《うみ》より深《ふか》し　取次《とりつぎ》屋《や》栄三《えいざ》〈新装版《しんそうばん》〉

令和 6 年 11 月 20 日　初版第 1 刷発行

著　者　岡本《おかもと》さとる

発行者　辻　浩明

発行所　祥伝社《しょうでんしゃ》

東京都千代田区神田神保町 3-3

〒 101-8701

電話　03（3265）2081（販売）

電話　03（3265）2080（編集）

電話　03（3265）3622（製作）

www.shodensha.co.jp

印刷所　錦明印刷

製本所　積信堂

カバーフォーマットデザイン　中原達治

Printed in Japan ©2024, Satoru Okamoto　ISBN978-4-396-35089-5 C0193

祥伝社文庫　今月の新刊

畠山健二
新 本所おけら長屋（二）
長崎から戻った万造は、相棒の松吉と便利屋《万松屋》を始めた。だが、請けた仕事を軒並み騒動に変えてゆく！　大人気時代小説。

岩井圭也
いつも駅からだった
謎解きはいつも駅から始まった――。下北沢、高尾山口、調布、府中、聖蹟桜ヶ丘。五つの駅から生まれた、参加型謎解きミステリー！

渡辺裕之
孤高の傭兵　傭兵代理店・斬
南シナ海上空でハイジャックが！　乗り合わせたのは一人の若き傭兵。犯行グループの真の狙いとは!?　大人気シリーズの新章、開幕！

松嶋智左
虚《うつろ》の聖域　梓《あずさ》凪《なぎ》子《こ》の調査報告書
転落死した甥の死の真相に迫る、元警察官の女性調査員。母ひとり、子ひとり。ふたりの幸せを壊したのは――心抉るミステリー。

岡本さとる
海より深し　取次屋栄三《えいざ》　新装版
心を閉ざす教え子のため……栄三は〝亡き母の声〟を届ける。クスリと笑えてホロリと泣ける、人情時代小説シリーズ第八弾！